습관은 실천할 때 완성됩니다.

좋은습관연구소가 제안하는 48번째 좋은 습관은 선택받는 글을 쓰기 위한 습관입니다. 선택받는 글이 되기 위해서는 내용 차별화가 필수적입니다. 이를 위해선 전문성이 필요합니다. 전문성을 쌓는 방법은 자신의 분야(키워드)를 발견하고, 이에 대해 공부하고, 배운 내용을 글로 요약하고, 사람들의 피드백을 받으며 관점을 발전시키는 것입니다. 좀 더 간단히 말하면 호기심에 바탕을 둔 질문을 하고, 이를 통해 탐구할 키워드를 발견하고, 관련된 정보를 수집하고, 마지막으로 직접적인 경험을 해보는 것입니다. 이러한 과정을 충분히 반복하면서 경험하게 되는 에피소드와 통찰을 글로 쓰게 되면, 재미있으면서도 전문성이 담긴 글이 만들어집니다. 여러분이 아마추어 작가라면 문장 훈련보다 독자들로부터 신뢰성을 얻는 전문성 확보에 먼저 힘을 쏟아야 한다는 사실을 잊지 말아야 합니다.

선택받는
글의 비밀

글쓰기 테크닉을 익히기 전에
알아야 할 것들

박요철 지음

좋은습관연구소

프롤로그

글쓰기 수업을 할 때마다 수강생들에게 이런 질문을 던지곤
한다. 가장 좋은 글이란 어떤 글일까요? 이에 대한 답은 여러
가지일 수 있다. 잘 읽히는 글, 자신의 주장이 명확한 글, 개성
있는 글. 하지만 나는 좋은 글이란 많이 읽히는 글이라고 생
각한다. 나아가 많이 팔리는 글이라고 생각한다. 글쓰기를 가
르치고 책을 쓰는 사람치고 너무 세속적이라 생각하는가? 하

지만 이건 진심이다.

나는 페이스북과 브런치와 스레드를 통해 내 글이 읽히고 퍼져 나갈 때마다 가장 큰 희열을 느낀다. 밥을 먹지 않아도 배가 부를 정도다. 더 나아가 내 책이 많이 팔릴 때 더한 기쁨과 보람을 느낀다. 나는 내가 쓴 글이 더 많이 팔려서 아들이 그토록 갖고 싶어하는 기타를 사주고 싶다. 미대 입시를 준비하는 딸의 겨울 특강비를 대고 싶고, 가끔은 와이프에게 명품백이나 호캉스 비용을 보란 듯이 내밀고 싶다.

나는 오랫동안 브랜드 컨설팅과 관련된 일을 하면서 글쓰기를 병행해 왔다. 요즘은 너무나 많은 사람들이 쓰는 바람에 식상한 말이 되버린것 같지만, 사람들이 왜 그토록 브랜딩에 목메는지를 나는 안다. 팔수 있기 때문이다. 그 제품과 서비스만의 아이덴티티를 정립하고, 컨셉을 도출하고, 이에 맞는 네이밍과 카피와 스토리텔링을 더하는 것도 결국 더 많이 '선택받고' '팔기' 위함이다.

그렇다면 우리가 하는 글쓰기에도 이런 브랜딩 개념을 접목한다면? 나만의 아이덴티티에 기반해 컨셉을 도출하고, 차별화된 글을 써낸다면? SNS에서 인기 글을 쓰는 사람으로 나아가 책을 낼 수 있는 작가로까지 될 수 있지 않을까? 나는 이지점에서 아마추어 작가일수록 예술가가 아닌 사업가가 되어야 한다고 생각한다. 흑백요리사에 나오는 안성재 셰프도 되어야 하지만 일단은 백종원 같은 사업가가 먼저 될 필요가 있다고 생각한다.

이 책은 지난 20여 년간 브랜딩과 글쓰기를 동시에 고민해온 어느 작가이자 사업가의 '선택받는 글에 대한 고민과 해법'을 담은 책이다. 나는 '스몰 스텝'(변화나 자기계발의 목적으로 진행하는 작은 실천 활동)을 통해 나만의 차별화된 삶의 방법을 제안하는 소소한 책 한 권을 썼다. 다행히 이 책은 세상의 필요와 닿아 비교적 많은 분들에게 인기를 얻었다. 그리고 세바시(《세상을 바꾸는 시간, 15분》이라는 CBS 강연 프로그램)를 비롯해 수없이 많은 강연에 초대받는 기회를 주었다.

내 이름이 조금 알려지기 시작하자 나를 찾는(선택하는) 사람은 늘어났다. 이런 만남은 비즈니스로 이어져 직장 생활 때보다 더 나은, 두 명의 입시생을 감당할 수 있는 수입을 올리는계기를 마련해 주었다. 모두 '선택받는 글'을 썼기 때문이다.

나는 이 책을 통해 차별화된 글쓰기, 팔리는 책쓰기에 관한 나만의 노하우와 솔루션을 풀어보려고 한다. 모쪼록 이 책이 잘 팔리면서도 사람들의 사랑을 받는, 마치 안성재와 백종원의 두 얼굴을 가진 글이 되어, 그 자신이 브랜드가 되고자 하는 분들에게 작지만 확실한 지름길 같은 역할이 되길 간절히 바래본다.

2024년 첫눈 오는 날 동네 카페에서

마이 스토리

2018년 늦은 봄의 어느 날, 나는 소위 퇴사란 것을 했다. 마지막 회사(브랜드 전문지)에서 약 7년 동안 일했다. 글을 쓰고, 웹사이트를 구축하고, SNS를 운영하는 일이었다. 사직서를 내고 2주간의 마지막 휴가를 끝내던 날 밤, 나는 아주 덤덤하게 글 하나를 썼다. 지난 몇년 동안 했던 SNS 운영에 관한, 노하우라고 할 수 있는 것들을 짧게 정리한 글이었다. 이글을 미디엄(브런치와 유사한 글쓰기 플랫폼)에 올린 후, 며칠이 되지 않아 놀라운 일이 일어났다.

여러 사람에게 공유가 되기 시작한 것이었다. 짧은 기간 동안 무려 만 명이 넘는 사람들이 내 글을 읽었고 댓글도 쏟아졌다. 그리고 강의 요청도 이어졌다. 그 덕분에 갑작스러운 퇴사에도 불구하고 뜻하지 않게도 여러 가지 일거리를 얻을 수 있었다. 그런데 이건 시작일 뿐이었다.

퇴사 후 스타트업에서 컨설팅 업무를 잠깐 했다. 교육 프로그램 개발이었다. 직장인이 스스로 강점을 찾고 차별화할 수 있는, 지금 생각하면 일종의 퍼스널 브랜딩 비슷한 프로그램이었다. 나는 그곳에서 개인을 브랜딩하는 방법의 일환으로 스몰 스텝 아이디어를 냈다. 그리고 직접 실천해보기로 했다. 매일 세 줄 일기를 쓰고, 영어 단어 다섯 개를 외우고, 하나 이상의 글을 쓰는 것이었다. 그 내용을 브런치에 하나씩 옮기기 시작했다. 그러다 그중 하나가 포털 사이트 메인에 소개됐고, 무려 10만 명 이상의 사람이 읽었다. 댓글도 쇄도했다. 그러더니 얼마 지나지 않아 출판사에서 연락이 왔다.

놀라운 일은 거기에서 멈추지 않았다. CBS의 세바시 프로그램의 작가로부터 연락이 왔다. 강연 요청이었다. 팬데믹이 막 시작되던 시점이라 관객도 없는 온라인 강연이었다. 나는 A4 용지 두 장에 그동안 있었던 일을 썼다. 몇 번의 수정 끝에 오케이 사인을 받을 수 있었다. 대중 강연은 처음이었지만, 떨지 않고 녹화를 마쳤다. 몇 주 뒤 금요일 저녁에 내 강연 영상이 유튜브에 공개됐다. 기대 반 두려움 반의 마음으로 보았다. 그런데 아주 망한 강연은 아니라는 생각이 들었다. 뛰어난 편집 솜씨 덕분에 꽤 괜찮은 영상으로 바뀌어 있었다. 이 영상 또한 무려 60만 명이 시청했다.

첫 글은 만 명이 보았고, 두 번째 글은 10만 명이 읽었고, 세 번째 글(강연)은 60만 명이 보았다. 그렇다면 다음 글은 100만 명이 읽을 수 있지 않을까? 나는 이것이 꿈만은 아니라고 생각한다. 너무나도 평범했던 내가, 어떤 면에서는 인생의 루저(패배자)처럼 살고 있던 내가, 글을 쓰면서 인생이 바뀌기 시작했다.

나는 이제 기록의 힘, 글쓰기의 힘을 믿는다. 지금은 아무리 작은 일이라도, 성공이든 실패든, 반드시 기록으로 남긴다. 세 줄 일기도 잊지 않는다. 내게 글쓰기는 단순한 사유의 수단을 넘어 일상의 동력이고, 디딤돌이다.

사람들은 귀찮다는 이유로, 솔직하게 얘기해야 한다는 부끄러움 때문에 기록을 남기지 않는다. 그리고 언젠가 여유가 생기면 그때 쓰겠노라 말하며 내일로 미룬다. 하지만 장담하건대, 그런 내일은 오지 않는다. 그러니 새로운 직장에 입사했다면, 연애를 시작했다면, 여행을 결심했다면, 매일 조금씩이라도 글로 써야 한다. 퇴사를 결심했다면, 사업이 실패했다면, 혹여 이별을 준비하고 있다면, 그 일을 아주 담담히 써야 한다. 그리고 주변 사람들에게 공유해야 한다.

내가 쓴 글은 랜선을 타고 세상을 여행한다. 뜻하지 않은 사람을 만나고, 뜻하지 않은 기회를 물어다 준다. 상상하지도 못했던 세상과 나를 연결해준다.

아무 일도 하지 않으면 아무 일도 일어나지 않는다. 내 삶에 변화를 일으키는 방법은 아주 가까이에 있다. 그것은 바로 글쓰기다. 종이와 펜, 노트북 한 대만 있다면, 당신은 인생을 바꿀 수 있다. 함께 시작해 보자.

선택받는 글을 쓰는 습관

1. 질문을 자주 한다

좋은 질문은 호기심에서 비롯된다. 호기심은 남들이 보지 못하는 문제를 발견하고, 불편을 느끼는 것에서부터 출발한다.

2. 키워드를 뽑는다

질문을 반복하다 보면, 어떤 키워드에 관심이 많은지 알게 된다. 이 키워드가 글쓰기를 해야 할 주제이며, 내가 키워야 할 전문 분야다. 이미 정해진 분야가 있다면 그 분야와 관련된 질문을 더 많이 하면 된다.

3. 관심사를 수집한다

질문의 답을 찾기 위해서는 정보를 수집하고 기록해야 한다. 메모, 스크랩 등을 이용하며 이때 쌓아둔 자료는 향후 글쓰기의 재료(글감)가 된다.

4. 수집물을 연결한다

수집된 정보가 어느 정도 쌓이면 이를 분류하고 연관성을 찾는다. 이 과정이 의미의 발견이다. 이를 인사이트라고도 한다. 인사이트가 있는 글은 문장이 유려하지 않아도 충분히 사람들의 관심을 끈다.

5. 경험을 통해 확인한다

인사이트의 완성은 직접 해보는 경험이다. 실제 경험은 차별화된 글쓰기에 필수적이다. 에피소드를 만들며 글의 신뢰성과 생동감을 더한다. 한마디로 재미있는 글이 된다.

목차

1부. 무엇을 다르게 쓸 것인가

2부. 어떻게 다르게 쓸 것인가

3부. 선택받는 글을 쓰는 습관

1부.

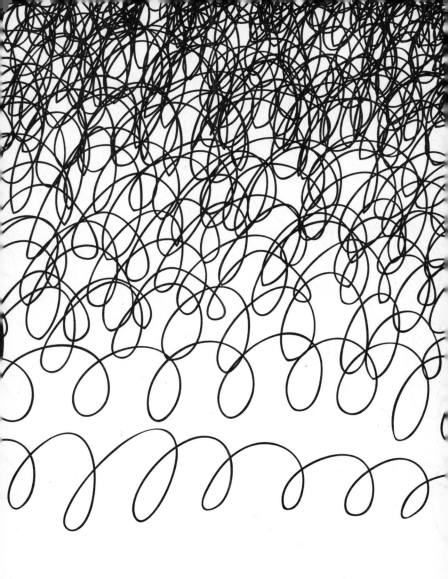

무엇을 다르게 쓸 것인가

도전
차별화된 글쓰는 법

(1)

김애란 작가를 좋아한다. 이 작가를 좋아하는 이유를 대라면 100가지도 델 수 있다. 하지만 그 중 단 하나를 고르라면 '솔직함' 때문이다. 수많은 작품 중에서도 가장 먼저 떠오르는 장면 하나가 있다. 바로 수업 중에 자신의 체모가 스타킹에 떨어진 장면을 그린 작품이다. 맞다. 그냥 체모가 아니라 바로 그곳의 체모가 떨어진 것이다. 소설에서 주인공은 자신의 체모를 누군가 볼까 싶어 안절부절못한다.

나는 분명히 이 장면이 작가의 경험에서 비롯되었다고 생각한다. 그렇지 않다면 그런 장면을 상상하는 것도, 묘사하는 것도 불가능하지 않았을까. 그런 경험을 하는 사람도 많지 않 겠지만, 그걸 글로 쓰는 사람은 과연 몇이나 될까? 그것도 소 설이란 형식으로 대중에게 읽힐 글에서 말이다.

나는 내 첫 책에 생에 있어 가장 부끄러운 장면을 썼다. 자 신이 뽑은 팀원에게 팀장 자리를 물려주는 이야기였다. 그런 데 어느 날 한 분이 이렇게 되물었다. 어떻게 그런 이야기를 글로 쓸 생각을 했느냐고. 평생 박제될 흑역사를 무슨 생각으 로 썼냐고 말이다. 그러면서 자신은 글도, 영상도 찍지 않는다 고 말했다. 일견 일리가 있는 말 같다. 적어도 온라인에서는 자신의 안 좋은 모습을 감출 수 있을 것이다. 그러나 그의 선 택을 존중하면서도 이런 생각도 들었다. 저 사람의 삶은 부끄 러운 일은 없겠지만 자랑스러운 일도 없겠다.

글쓰기가 어려운 여러 이유 중 하나가 자기 검열 때문이 다. 우리 중 누구도 부끄럽고, 기억하기 싫은, 아프고 어두운 경험을 쓰고 싶어하는 사람은 없다. 그렇다고 딱히 성공한 경 험도 많지 않으니 글쓰기는 더욱 어려워진다. 그러나 좋은 글 은 바로 이 지점에서 나온다.

100억 원을 번 사람의 이야기는 많다. 충분히 흥미롭다. 그러나 100억 원을 하루아침에 날린 사람의 이야기는 어떤 가? 몹시 궁금할 정도로 흥미롭다. 무엇보다 쉽게 볼 수 없는 얘기다. '도대체 무슨 짓을 했길래…' '아휴 나는 그런 멍청한 짓을 안 해서 다행이네…' 이런 마음은 그 남자의 이야기를 더욱 궁금하게 만든다.

물론 이야기는 실패로 마무리되지 않아야 더 좋다. 놀라운 반전이 있다면 '더더더' 좋다. 그래서 글의 도입부를 쓰기에 실패의 이야기만큼 좋은 것도 없다. 여러분 기억 속에서 가장 떠올리기 싫은 부끄러운 기억이 있는가. 연애, 사업, 공부, 뭐든 다 좋다. 쫄딱 망한 당신의 이야기를 써보자.

우리는 그동안 너무 많은 성공의 이야기를 들었다. 그런 이야기 하나를 더 듣는다고 해서 특별히 더 흥미로울 것도 없다. 그러나 세상에 실패한 이야기는 많지 않다. 당신은 살아오면서 어떤 실패를 했는가? 누구에게도 이야기하지 못한 부끄러운 일을 한 적은 없는가? 나라면 그 얘기로 첫 장을 시작하겠다. 결코 실패하지 않는 강렬한 도입부가 될 거라 확신한다. 내가 도전(?) 정신을 갖고 망가질 때 독자들이 가장 좋아하는 글이 나온다는 사실을 명심하자.

(2)

내가 가장 좋아하는 유튜브 채널이 있다. 바로 '영국 남자'다. 처음엔 요리 경연 대회에 출전한 국가비의 남자 친구라는 점에서 흥미로웠다(두 사람은 결혼했다). 하지만 지금은 한국을 알리는 유튜버로서 그를 주목한다. 그는 영국 사람에게 한국 음식과 문화를 알리는 영상을 만든다. 한국과 영국, 양쪽 나라 사람 모두가 열광하는 콘텐츠를 만들어낸다. 우리나라 문화관광부, 외교부 사람들 백 명이 모여도 이보다 더 잘할 것 같진 않다.

통상 우리가 글로 쓰고자 하는 이야기는 이미 누군가가 한 번은 고민했던 주제다. 글로도 썼고 책으로도 나왔다. 장담할 수 있다. 그렇다면 방법은 하나다. 똑같은 소재를 다르게 이야기하는 방법뿐이다. 그러면 똑같은 소재라도 전혀 다른 콘텐츠가 된다. 나는 영국 남자 채널에게 이 '낯설게 말하기'의 전형을 보았다.

처음에는 한국의 과자, 술, 커피, 음식 등의 먹거리를 소개하는 채널이었다. 주변의 가족, 친구, 신부님에게 한국 음식과 문화를 소개했다. 그러다 한국의 길거리 토스트를 영국 시내에서 팔기도 했다. 팝업 스토어를 열었다가 상시 매장을 운영하기도 했다. 그리고 영국의 초등학교, 고등학교, 축구 클럽, 직장을 찾아가기도 했다. 그 방식이 매주 달랐다. 이제 영국남자는 외국 배우나 연예인, 가수들이 한국을 방문하면 반드시 찾는 인터뷰이가 되었다.

글쓰기도 마찬가지다. 첫 책을 생각하고 글을 쓰는 당신이라면, 쓰고 싶은 주제가 조금은 평범할지도 모르겠다. 누구라도 쓸 수 있는 주제이거나 혹은 더 잘 쓴 책들이 이미 나와 있는지도 모른다. 그렇다면 방법은 딱 하나다. 남다르게, 낯설게 쓰기다.

습관에 대해서 생각해보자. '습관'은 익숙한 글쓰기 소재다. 베스트셀러가 수두룩하다. 그런데 브랜드 컨설턴트가 쓴 습관 이야기는 어떨까? 습관을 갖고서 브랜딩을 논한다면 좀 색다르지 않을까? 실제 그렇게 쓴 내 책은 지금까지 10쇄를 찍었고, 아직도 강연 문의가 끊이지 않는다.

『로코노믹스』란 책을 읽은 적이 있다. 경제학에 관한 책이다. 그런데 소재가 음악이다. 몇 가지를 옮겨보면 이렇다. 윌 스미스는 한때 힙합 뮤지션이었는데, 파산할 뻔한 적이 있었다고 했다. 무슨 일이 있었던 걸까? 슈퍼 스타나 무명 음악가는 매니지먼트사와 각각 어떤 조건으로 계약을 맺을까? 무명 시절을 거친 스타 가수들은 왜 소속사와 계약에 대한 분쟁이 많은 걸까? 이런 질문들은 우리 K팝 산업을 봐도 충분히 던질 수 있는 질문이다. 이처럼 책은 경제학이란 어려운 학문을 두고, 음악이란 소재로 재미있게 풀어가는 특징을 갖고 있다.

최근 새로운 책 하나를 기획하고 있다. 책을 한 번도 써보지 않은 사람들을 위한 '책 쓰기' 책이다. 책을 한 권도 써보지 않은 사람들이 1년간 고군분투하며 한 권의 책을 완성하는 과정을 다룰 예정이다. 글쓰기의 기본부터 출간까지, 모든 경험을 함께하며 하나의 다큐멘터리처럼 엮어볼 예정이다. 탁월한 작가나 유명한 교수들이 쓴 글쓰기 책은 많지만, 글쓰기의 문외한인 사람이 글을 쓰고 책으로 내기까지의 좌충우돌을 다큐처럼 써내려 간 것은 없다. 정말 흥미로운 책이 되지 않을까?

유능한 마케터들은 에스키모에게도 냉장고를 판다고 한다. 마케팅의 중요성과 필요성 설명을 하면서 꼭 한 번은 나오는 이야기다. 추운 극지방에서도 냉장고의 기능은 필요하다는 식의 어필(설득)을 말하고자 하는 것은 아니다. 통념과 선입견을 깨는 것의 중요성을 말하고자 함이다. 그런 것이 아니라면 이 이야기가 무슨 전설처럼 아직까지 인용되진 않을 것이다.

절대로 다르게 말하자. 낯설게 쓰자. 그러려면 남다른 시각, 낯선 시각으로 세상을 바라볼 수 있어야 한다. 매번 가던 출근길 버스를 바꿔 타보자. 새로운 커피 메뉴에 도전해보자. 주말에는 이태원에서 생전 처음 먹어보는 음식에 도전해보자. 낯섦은 하늘에서 떨어지는 것이 아니다. 당신이 도전해보기 전까지는 아무 일도 일어나지 않는다.

(3)

스탠드업 코미디 하기

지하철에서 남자한테 작업 걸기

처음 보는 사람한테 데이트 신청하기

관중 앞에서 노래 부르기

공개적인 자리에서 연설하기

사진작가나 화가 앞에서 나체로 포즈 잡기

무서운 영화 보기

…

이게 뭔가, 버킷 리스트 같은 건가 할 테지만, 이건 마리안 파워란 작가가 쓴 '두려운 일'의 리스트이다. 작가는 놀랍게도 이 중 대부분을 실천해낸다. 심지어 첫 장은 누드모델을 실제로 자청한 이야기로 시작한다. 이 책의 제목은 『딱 1년만, 나만 생각할게요』이다.

작가는 왜 이런 무모한 도전을 한 걸까? 작가는 자기계발서들의 주장이 좀 의심스러웠던 것 같다. 그래서 정말 책에서 하라는 대로 한다면 어떻게 되는지 한 번 따라 해보았다고 한다. 이런 경험담을 다룬 책을 처음 본 것은 아니지만, 볼 때마다 재미있고 결과가 궁금하다. 무엇보다 작가의 도전에 박수를 보내고 싶다. 그런데 문득 책을 읽다가 이런 생각이 들었다. 이거야말로 글감이 마를 때 취할 수 있는 최후의 글감 찾기 아닌가?

가장 힘 있는 글쓰기는 자신의 경험을 쓰는 것이다. 이 말인즉슨, 글감이 마를 때면 쓸 이야기가 없다는 것이고, 쓸 이야기가 없다는 것은 아무것도 (경험)한 것이 없었다는 것을 뜻한다. 온종일 드러누워 머릿속으로 말라버린 글감을 헤집는 것이 좋을 리가 없다. 사실, 철학의 글쓰기는 나같은 보통 사람의 영역은 아니라고 생각한다. 그렇다면 나도 작가처럼 매일 한 가지씩 새로운 도전을 해보는 건 어떨까? 안 해본 일, 못해본 일, 때로는 비웃던 일을 해보는 것이야말로 최고의 글감 찾기, 아니 만들기가 아닐까?

나는 말할 수 있다. 마을버스에서 내려 걷기 시작하고, 수더분한 머리를 모히칸 스타일로 짧게 자르고, 식은 땀을 흘려가며 강단에 서고, 내 책에 관심을 보인 사람들을 모아 단톡방을 만들고, 처음 해보는 네이밍 작업을 덜컥 맡아서 해보고, 익숙한 회사를 뛰쳐나와 내 회사를 만들고, 늦은 운전 면허를 따겠다고 선언하고, 귀차니즘을 극복하며 누군가를 만나러 가겠다던 그날부터 내 글은 달라졌다고 말이다.

마리안 파워도 자신의 책에 이렇게 써놓고 있다. "하루에 한 번 위험을 무릅써라. 사소한 일이든 대담한 일이든, 감정을 뒤흔드는 일을 저질러라." 인생은 결국 도전의 연속이다. 내가 가만히 있어도 삶의 파도는 지치지도 않고 몰려온다. 하지만 어떤 이는 스스로 만들기도 한다. 다만 그 파도가 엄청날 필요는 없다.

지구를 구하는 일은 마블 히어로에게 맡기면 된다. 내가 할 일은 늘 지나치던 동네의 작은 화단에 시선을 주고, 평생 쓸 일이 없을 것 같은 베트남어 공부를 해보고, 실패할 것이 자명한 낯선 요리에 도전해 보는 것 정도다. 진짜 나다운 글, 힘 있는 글, 읽을만한 글은 그 찰나의 순간, 새로움에 도전하는 그 순간에 시작된다.

(4)

글을 쓰는 사람들의 성향을 크게 나누면 아마도 '논리적'인 사람과 '감성적인' 사람으로 나눌 수 있지 않을까? 무슨 말이든 딱 부러지는 근거를 필요로 하는 사람이 있는가 하면, 길가에 놓인 돌 하나를 보고도 시상이 떠오르는 사람도 있다. 전자의 사람은 경제, 경영, 마케팅 같은 책을, 후자의 사람은 에세이를 쓰는 것이 좀 더 유리하다. 그리고 그 중간 어디쯤

인문학이나 자기계발서가 있다.

브랜드 전문지의 에디터로 일할 때, 내가 쓴 글은 부정적 평가를 받기가 일쑤였다. 가장 많이 들었던 말 중 하나가 '점프가 심하다'는 표현이었다. 오랜 시간이 흐른 후에야 나는 그 말이 논리적 비약을 뜻한다는 사실을 깨달았다. 누구에게나 이런 정확한 피드백은 아픈 법이다. 하지만 시간이 흘러 스무 권에 가까운 책을 쓰면서(내 이름으로 쓴 책과 글쓰기가 어려운 전문직 종사자들과 협업하는 책까지) 이것이 꼭 단점만은 아니라는 것을 알게 됐다.

반려견 관련 비즈니스 투자를 받기 위한 제안서 작성에 참여한 적이 있다. 동물 장례식장 사업이었다. 제안서 작성을 위해 여러 종류의 자료를 뒤졌다. 대부분의 자료는 이런 식이었다. "한국농촌경제연구원에 따르면 국내의 반려동물 시장 규모는 2015년 1조 9,000억 원에서 2027년에는 6조 원까지 성장할 전망이다." 이런 정보를 모아서 정리하는 제안서는 매우 건조하다. 하지만 투자를 받기 위해선 꼭 필요한 정보다.

그런데 아이러니하게도 투자자의 마음을 움직인 건 이런 정보가 아니었다. 반려견 장례식장에서 엉엉 목놓아 울던 아내와 딸의 이야기였다. 이 이야기가 투자 결정의 결정적 요인이 되었다고 말하기는 어렵지만, 투자자의 마음을 열고, 사업의 의미를 다른 관점으로 보게 하기에는 충분했다. 이처럼 글은 정확한 사실보다 그 뒤에 숨은 감성 요소가 더 중요할 때가 있다.

이 사례가 팩트에 기반한 정확한 글쓰기의 중요성을 간과하는 글이 아님은 알 것이다. 하지만 논리적인 글에 감성이 더해지면 더욱 완벽한 글이 될 수 있음은 충분히 설명해준다. 마치 일할 때는 한 치의 오차도 없는 회계사가 저녁마다 바에 들러 친구들과 열띤 인문학 토론을 하는 것과 비슷하다. 그쯤이면 그의 매력은 배가 될 것이며, 그의 발언은 더욱 신뢰감을 줄 것이다. 이런 식의 이종 교합은 똑같은 주제를 다르게 쓰고 차별화되게 쓰는 지름길이다. 적어도 나는 그런 글을 계속해서 쓰고 싶다.

스토리텔링
맨 앞에 배치해야 하는 글

(1)

농구를 잘 모르는 사람도 마이클 조던은 안다. 나는 시카고 불스의 붉은색 유니폼을 보면 만화 『슬램덩크』의 한 장면이 떠오른다. 만화보다 더 실제 같은, 한 마리 나는 새 같은 마이클 조던은 스포츠 영웅 그 이상이다. 그런 그의 전성기를 그린 다큐멘터리가 있다. 이름 하여 《마이클 조던: 더 라스트 댄스》, 막연하게만 알던 그의 플레이와 삶이 한 편의 영화처럼 마음을 사로잡는다.

다큐를 처음 보던 기억이 새록새록 떠오른다. 보자마자 순식간에 두 편의 에피소드를 정주행 했다. 그런 다음, 다음 편을 보기 위해선 한 주를 기다려야 했다. 매주 한 편씩 업데이트되는 데 정말 감질나서 죽을 지경이었다. 그만큼 재미있었다.

사실 오늘 이야기하고자 하는 것은 이 다큐멘터리의 스토리텔링 방식에 관해서다. 다큐는 거짓말 같은 그의 NBA 정복기, 만화 같았던 그의 삶을 정말 재미있게 구성했다. 이 방식을 글쓰기에 적용한다면 어떻게 될까? 어떻게 적용할 수 있을까?

일단 다큐는 일반적인 전기처럼 시간의 순서를 따르지 않는다. 1997-1998 시즌에서 여섯 번째 우승을 마친 절정의 순간이 다큐멘터리의 시작점이다. 하지만 가장 영광스러웠던 1997-1998 시즌은 가장 위기의 순간이기도 했다. 팀(시카고 불스)의 리빌딩(재정비) 시즌이었기 때문이다. 장기 계약에 묶인 스코티 피펜이 수술을 이유로 더 이상 마이클 조던과 합을 맞추지 못했고, 게임에서도 연전연패가 계속되었다.

찰떡궁합의 동료가 사라진 그해, 마이클 조던의 리더십도 달라졌다. 다른 동료에 대한 비난과 원망을 서슴치 않았다. 한 경기에 무려 63점을 쏟아붓는 원맨 플레이는 계속되었지만, 팀은 계속해서 패배했다. 과연 마이클 조던과 시카고 불스는 이 위기를 어떻게 넘기고 여섯 번째 우승이라는 대업을 달성할 수 있었을까? 이렇듯 1997년의 절정기에서 시작한 이야기는 과거와 현재를 오가며 그와 주변을 둘러싼 다양한 사람들 이야기로 이어진다. 결과를 알면서도 흥미로울 수밖에 없는 스토리다. 나는 이 현란한 '스토리텔링' 방식이 내용만큼이나 흥미진진했다.

글쓰기의 초보들은 자신이 보고 느낀 것을 일기처럼 쓸 때가 많다. 시간 순서대로 사건을 나열하는 방식이다. 하지만 조금이라도 글을 써 본 사람들이라면 순서를 다르게 하는 것을 고민한다. 어떻게 해야 사람들이 흥미롭게 이야기를 읽어 갈지를 가장 먼저 고민한다.

어떤 한 기업이나 사람의 이야기를 다룬다면 어느 장면으로부터 시작하는 것이 가장 재미있을까? 분명한 것은 시간의 순서에 따라 나열하기 시작하면, 아무리 대단한 사람의 이야기도 평범해지기 쉽다는 거다. 대신 일생일대의 위기나 가장 큰 성공의 절정에서 이야기를 시작한다면 이야기에 힘이 실린다. 마치 물이 위에서 아래로 흐르는 것처럼 '낙차'의 힘을 이용하는 방법이다.

요리에 있어 가장 중요한 것이 재료라면 글쓰기에서는 글감이 가장 중요하다. 즉, 좋은 글감이 좋은 글을 만든다. 글감 다음으로 중요한 것은 요리든 글쓰기든 타이밍(스토리텔링)을 맞추는 것이다. 제때 물을 끓이고, 재료를 손질하고, 타이밍에 맞춰 굽기나 삶기를 시작하는 것이 요리의 맛을 좌우한다. 글쓰기도 마찬가지다. 어떤 내용을 쓰느냐 못지않게 어떤 순서로 쓰느냐가 중요하다. 이건 다큐나 소설 같이 거창한 글쓰기가 아니어도 적용해볼 수 있는 방법이다. 중요한 것은 읽는 사람의 입장에서 써보는 것이다. 어떤 이야기로 글을 시작해야 그다음이 궁금해질지 거꾸로 생각해보고, 그 감을 익히는 것이다.

가장 힘들었던 순간을 있는 그대로 묘사해 보자. 만일 직장에서의 어려움이라면 상사에게 된통 혼난 장면으로부터 이야기를 시작해 보자. 그리고 그다음엔 입사 초기에 어떤 마음으로 이 회사에 들어왔는지를 추억해 보자. 마지막은 다시 현실로 돌아와 위기를 어떻게 이겨내고 탈출했는지 담담하게 마무리해 보자. 마치 한 편의 다큐 같은 글이 탄생할 것이다. 일기와는 또 다르게 읽힐 것이다.

넷플릭스에는 이런 구성으로 만들어진 이야기가 수없이 많이 올라와 있다. 우리가 주목해야 할 것은 재미를 넘어 그들의 스토리텔링 방식을 훔치는 것이다.

오바마의 전기를 쓴다면 어떤 이야기부터 써야 할까? 대개는 오바마가 태어난 하와이에서부터 이야기를 시작한다. 케냐 출신의 흑인 남자와 백인 여자의 운명적인 만남. 그리고 한 아이의 탄생. 하지만 영미권 아이들 사이에서 많이 읽히는 100여 쪽의 얇은 전기 『Who is(was)』 시리즈의 오바마 편에서는 그렇지 않다. 젊은 오바마가 뉴욕의 슬럼가를 찾는 이야기로 시작한다. 흑인 인권 운동의 출발이 된 여러 곳을 탐방하면서 어떻게 하면 좌절과 빈곤에 빠진 이들을 도울 수 있을지 고민하는 이야기로 첫 장을 시작한다.

얼마 전 완독한 아동 문학가 로알드 달 편에서도 그랬다. 1차 세계 대전에서 파일럿으로 적진을 정찰하는 장면에서부터 시작한다. 그날 그의 비행기는 추락했고, 부상을 입고서도 다시 전쟁터에 뛰어들어 영웅이 되는 것으로 이야기는 이어진다. 그의 경험은 그가 쓴 모든 소설의 소재가 되고 자양분이 되었다.

나 역시 사람에 대한 이야기를 쓸 때면 가장 먼저 어떤 이야기로 시작할지, 첫 단락을 고민한다. 그리고 그 사람이 가장 빛났던 순간, 그 사람의 인생을 바꿔놓은 사건, 가장 그 사람다운 스토리를 찾아 맨 앞장에 배치한다. 짧은 글일수록 더더욱 그렇다.

스몰 스텝을 실천하는 사람들, '스몰 스테퍼스' 시리즈의 글에서도 마찬가지다(브런치에 연재한 글로 이후 『스몰 스테퍼』라는 책으로 나왔다). '하루 두 쪽을 읽는 사람, 정석헌'님의 이야기를 쓸 때도 퇴사하던 시점의 제주 여행을 맨 앞에 배치했다. 이 사람은 왜 하루 두 쪽 읽기를 시작했을까? 무엇이 이 사람의 인생을 바꿔놓았을까에 집중했다. 일종의 '물음표'를 첫 장에 배치한 셈이다. 이것이 기교라면 기교이고, 편집이라면 편집이다. 쓰는 사람이 아닌 읽는 사람의 입장에서, 어떻게 하면 끝까지 읽게 할 수 있을지를 고민한 것이다.

이런 고민은 결국 다음의 질문으로 자연스럽게 이어진다. 나는 어떤 인생을 살고 있고, 내 전기의 맨 앞을 장식할 이야기는 어떤 이야기여야 하나? 내 인생의 가장 빛나는 순간은? 내 인생을 바꿔 놓은 사건은? 가장 나다운 스토리는? 이런 고민을 하다 보면 어떻게 살아야 할지도 보인다. 그리고 글쓰기는 가장 나다운 삶을 찾아가는 도구임을 다시 한번 깨닫게 된다.

헝클어진 인생의 조각 맞추기, 해야 할 것과 하지 말아야 할 것들의 선명한 구분, 결국 한 사람의 인생이 우리에게 주는 메시지다. 메시지가 분명해지면 글로 옮기기도 쉽다. 그래서 가끔은 자신의 전기를 구상해볼 필요가 있다(자기계발이 다른 게 아니다). 긴 글을 쓰지 않아도 좋다. 내 삶을 바꿔 놓은 이야기를 밀가루 반죽처럼 큰 덩어리로 정리해보면 된다. 예쁜 만두로 빚는 것은 맨 마지막의 일이다. 이야기의 반죽만 있어도 충분하다. 그리고 순서를 고민해보자. 내가 하고 싶은 이야기를 맨 아래로 내려놓고, 사람들이 듣고 싶어 하는 이야기를 맨 위로 올리자.

내 인생 얘기든, 타인의 인생 얘기든, 아직은 이런 글쓰기가 어렵고 거창하게 느껴진다면, 이렇게 해보자. 어제 가장 행복했던 순간은 언제인가? 가장 힘들었던 일과 이유는 무엇인가? 질문해보는 것이다. 결국 우리의 삶은 하루의 반복이다. 작은 하루의 반복이 모여 인생이 된다. 이런 구성의 원칙은 모든 글쓰기에 공동으로 적용할 수 있다. 좋은 글감과 훌륭한 구성을 갖출 수 있다면, 당신은 이미 글쓰기의 높은 산을 꽤 높이 올라섰다고 할 수 있다. 당신이 쓰는 글의 맨 첫 장이 궁금해진다.

(3)

오랫동안 함께 일했던 편집장 한 분은 글을 시작할 때 첫 장을 '어원'을 밝히는 데 쓰곤 했다. 예를 들어 '학교'(School)란 단어의 어원은 고대 그리스어로 '스콜레'(Schole)이다. 그런데 이 말은 배움이나 학습이 아닌 '여가'를 뜻한다. 그리고 그리스어에는 '일'을 뜻하는 단어조차도 없다. 굳이 일을 표현하자면 '여가의 부재' 정도다. 이런 식의 글쓰기는 읽는 독자의 주의를 환기하고 호기심을 불러일으킨다. 결과적으로 말하고자 하는 본질에 더 다가서고 싶게 한다. 그래서 글쓰기의 경험이 많은 사람일수록 다양한 사전과 참고 서적의 목록을 가지고 있다.

어떤 사람은 첫 글을 항상 명언이나 격언으로 시작하기도 한다. 마치 똑똑한 유튜버들이 하이라이트 장면을 첫 신에 배치하는 것과도 같다. 누구나 알만한 유명인의 촌철살인 하는 한 마디는 앞으로 펼쳐질 이야기를 가늠케 하는 효과를 낸다. 그리고 내가 하고자 하는 말의 뜻을 함축한 격언은 글에 품격을 더해준다. 인상적인 인터뷰의 한 구절을 따옴표로 인용하는 것도 효과적이다. 사람들은 대화체 읽기를 선호한다. 일방적인 연설보다 함께하는 대화를 선호하는 것과 마찬가지다. 앞으로 이어질 내용에 대한 복선의 의미를 지니고 있으면 더 좋다. 이처럼 좋은 글은 사람의 뇌를 자극한다. 상상력과 호기심을 불러일으킨다. 경찰이 쓴 조서 같은 육하원칙의 글이 항상 완벽한 것은 아니다. 발가벗은 사람보다 중요한 부위를 가린 사진이 더 선정적으로 보이는 것도 이 때문이다.

나는 거의 모든 글을 '사적인 경험'으로 시작한다. 시간,

날짜, 장소를 상정하고 거기서부터 시작한다. 첫 줄을 통해 사건이 일어난 현장으로 독자를 데려가는 방법이다. 이런 글은 주로 논픽션 작가들이 선호하는 글쓰기 방법이다. 가장 큰 이유는 '몰입'이 쉽기 때문이다. 이런 글을 잘 쓰는 작가 중 한 명이 바로 『티핑 포인트』의 작가 말콤 글래드웰이다. 어려운 글이나 인사이트가 필요한 글일수록 이런 서술 방식이 효과적이다. 마치 쓰디쓴 맛을 숨기기 위해 달콤한 시럽이나 캡슐로 둘러싼 약과 같다.

무슨 문장으로 시작할지 고민하는 노력이 필요한 이유는 단 하나다. '읽게 하기' 위해서다. 사람들은 내용이 빼곡한 매뉴얼이나 사전을 잘 읽지는 않는다. 나와 관련이 있거나 호기심을 자극하거나 누군가의 경험담일 때 비로소 눈길을 돌리고 관심을 갖기 시작한다. 그러고 나서는 공감과 내용 전달이 이어져야 한다. 광고에서 카피가 중요하고, 책을 만들 때 제목과 목차가 중요한 이유도 이 때문이다.

읽히지 않은 글은 의미가 없다. 이 사실을 꼭 기억하자.

(4)

하루는 200대 1의 경쟁률을 뚫고 창업 센터에 들어온 회사들을 인터뷰할 기회가 있었다. 약 40여 개의 업체를 며칠에 걸쳐 인터뷰한 후 그들을 소개하는 글을 쓰는 일이 나의 미션이었다. 그런데 이들을 인터뷰하고 놀라운 사실 하나를 알게 됐다.

글을 쓰기 위해 내가 했던 여러 질문 중 하나가 "여러 경쟁사의 제품이 있음에도 불구하고 왜 당신의 제품을 선택해야 하나요?"였다. 나는 이 질문에 세 가지로 답해달라는 부탁을 했다. 그러나 놀랍게도 마흔 명의 창업가 중 이 질문에 구체적으로 답한 사람은 단 세 명에 불과했다. 나머지 창업가들로부터는 오히려 "그러게요. 우리 제품이 뭐가 좋을까요?"같은 대답이 돌아왔다. 거짓말 같지만 사실이다. 물론 나는 이유를 안다. 창업가들이 이렇게 답하게 된 데에는 초심을 까먹을 정도로 엄청나게 쏟아지는 현실의 일 때문이다.

제품을 기획하고 개발할 당시에는 과할 정도로 제품에 대한 확신이 있다. 너무 지나쳐 단점까지 잊을 정도다. 하지만 시간이 흘러 납기도 맞춰야 하고, 패키징도 완성해야 한다. 어디 이뿐인가. 입점할 가게의 인테리어를 손봐야 하고, 온라인 쇼핑몰 담당자를 설득해야 하는 일도 생긴다. 오픈 이벤트로 진행할 웹페이지의 디자인도 봐줘야 한다. 얼마나 바쁜지 모른다. 그런 시간이 몇 달 동안 흐르다 보면 처음 품었던 생각은 점차 흐릿해진다. 그냥 하던 거니까 한다는 식의 관성만 남는다. 내가 왜 이일을 시작했지? 누구에게 무엇을 전달하려고 했지? 라는 질문은 잃어버리고 만다. 더군다나 고객 관점이라는 매우 중요한 시선도 잃어버린다.

글도 마찬가지다. 좋은 책 한 번 써보겠다고 가졌던 초심은 단 몇 주면 사라진다. 이렇게도 써보고 저렇게도 써보고 나서 주변에 보여줬더니 너도나도 고개를 갸우뚱한다. 다시금 써보지만, 뭘 쓰려고 했는지는 잊은 채 쓴다는 행위에만 집중한다. 당연히 그런 글은 읽히지 않는다. 이쯤 되면, 다시 돌아가서 왜 내가 글을 쓰려고 했는지, 무슨 글을 쓰려고 했는지, 어떤 차별적인 글쓰기가 가능한지를 점검해야 한다. 이때 필요한 것이 목차다. 목차는 내가 사업을 하는 이유, 책을 쓰는 이유를 간명히 정리한 것이나 다름 없다.

목차 정리를 어렵게 생각할 필요는 없다. 책을 통해 하고 싶은 얘기를 메시지 형태로 리스트업 한다고 생각하면 된다. 마치 '죽기 전에 하고 싶은 100가지'같은 버킷리스트를 쓰는 것으로 생각하면 된다. 목차가 완성되면 글을 쓰고 리스트에서 하나씩 지워가면 된다. 이렇게 하는 것이 가장 쉬운 글(책)쓰기 방법이다.

책 한 권은 보통 40여 개 전후의 글로 목차가 이뤄진다. 글 숫자가 많으면, 제목들을 보고 비슷한 주제끼리 4개 혹은 5개 정도로 묶어서 카테고리를 만든다. 그다음에는 카테고리

안에서 글의 매력도에 따라 글을 재배치한다. 가장 잘 읽히는 글을 맨 위로 올리는 것이 좋다. 만약 각각의 글이 상관관계를 가진다면 그 순서에 따라 배치해야 하는 것은 물론이다. 이러한 작업은 출판사 편집자가 선수다. 그들은 평범한 글도 구성의 변화, 글 제목의 변화로 전체 메시지를 매력적으로 뽑아낸다. 나아가 이를 책 제목으로 바꾼다.

그리고 쓰다 보면 깨닫게 된다. 리스트 중 내가 쓸 수 있는 글이 있고, 쓸 수 없는 것이 있다는 것을. 그래서 목차 쓰기는 최대한 세분화해서 글 목록을 많이 만들수록 쓰기가 쉬워진다. 100개의 버킷리스트에 대한 글을 하루에 하나씩 쓰는 게 쉽지, 덜컥 자아 발견이나 은퇴 이후의 삶을 쓴다고 생각하면 무슨 말부터 어떻게 시작해야 할지 알 수 없는 것과도 같다.

목차는 책을 쓰기 위한 설계도이다. 설계도를 미리 완성한 후 글쓰기에 들어가게 되면 미로에 빠질 일을 막아준다. 그리고 혹 막히게 되더라도 과감히 건너뛰고 다음 순서의 글을 쓰면 된다. 그런 다음 나중에 전체적으로 다시 배열을 점검하면 된다. 구성(목차)을 정한다는 것은 각각의 이야기를 하나의 큰 이야기로 압축하는 것임을 잊지 말자.

질문
글감을 찾는 법

‿‿‿

(1)

사무실에서 화초를 가꾸는 디자이너가 있었다. 그런데 식물들이 자꾸만 죽어나갔다. 제때 물을 주지 못한 이유가 가장 컸다. 그는 고민했다. 어떻게 하면 화초를 죽이지 않도록 제때 물을 줄 수 있을까? 그는 자신의 오래 된 노트에 질문을 적어두었다. 그러던 어느 날 멋진 아이디어가 떠올랐다. 오뚜기의 원리였다. 물을 주지 않으면 기울어졌다가 물을 주면 다시 일어서는 구조의 화분. 화분이 식물 대신 말을 하는 방식이었다. 그제야 비로소 제때 물을 줄 수 있었다. 이 디자인은 세계 최고의 디자인상을 휩쓸었다. 그저 아름답기만 한 것이 아닌 기능적으로도 완벽한 세상에 없던 화분 '롤리 폴리 팟'의 탄생이었다.

화분을 디자인한 배상민이라는 분은 세계 최고의 디자인 학교 중 하나인 파슨스 스쿨에서 최연소 교수를 역임했다. 지금은 카이스트를 거쳐 롯데에서 일하고 있다. 그를 인터뷰한 영상에서는 그가 평소에 갖고 다니던 노트를 꺼내는 장면이 나온다. 가죽 표지의 그 노트는 두께만 해도 엄청났다. 그런데 그런 노트가 몇 권이나 된다고 했다. 노트에 수많은 아이디어와 질문을 적어둔다고 했다. 말하는 화분에 대한 질문과 답도 노트에서 나왔다고 했다.

배상민 교수의 이야기 중 또 다른 흥미로운 것은 자신이 진행하는 프로젝트는 거의 100% 성공한다는 단언이었다. 어떻게 100%를 확신할 수 있을까? 원리는 다음과 같았다. 평소에 어떤 질문을 갖고 있다가 이를 해결할 수 있는 아이디어가 나오게 되면 이를 완성된 작업물로 미리 만들어 둔다고 했다. 그러다 비슷한 주제의 프로젝트를 의뢰받으면 그 고민의 결과물을 제시한다고 했다. 마치 화살을 미리 쏜 후에 과녁을 갖다 두는 것과 같은 원리였다. 그제야 고개가 끄덕여졌다. 그의 노트가 왜 중요한지, 그의 프로젝트가 왜 성공률 100%를 자랑하는지 이해할 수 있었다.

나도 평소에 글감을 찾아다닌다. 그 방법은 질문을 던지는 것이다. 왜 사람들은 글을 쓰고 싶어할까? 자기답게 산다는 것은 무엇일까? 왜 저토록 작은 회사가 승승장구하는 것일까? 매일 세 줄 일기를 쓰면 어떤 변화가 생길까? 날마다 다섯 개의 영어 단어를 외우는 것이 실제로 어떤 도움을 줄까? 왜 저 사람은 매일 한복을 입고 다닐까? 저 사람이 저토록 새로운 공간에 열광하는 이유는 무엇일까? 매일 새벽 기상을 하게 되면 무슨 일이 벌어질까? 100일 혹은 1,000일 동안 글을 연달아 쓰면 어떤 변화가 생길까?

내가 쓰는 모든 글에는 이러한 질문이 숨어 있다. 질문을 던지는 것은 누구라도 할 수 있다. 하지만 계속 생각하고, 필요하면 조사를 하고, 집요한 실천으로 답을 찾아내는 사람은 의외로 적다. 하지만 나는 지겨울 정도로 질문을 계속하고, 지치지 않을 만큼 계속해서 답을 찾는다.

좋은 질문이 좋은 답을 만든다. 그래서 잠들기 전, 사람을 만나기 전, 새로운 경험을 할 때도 질문을 던진다. 그리고 오랜 관찰과 실천을 통해 '나만의 답'을 찾는다. 글을 쓰는 것은 그다음의 일이다. 잘 쓰는 일은 그, 그다음의 일이다.

그런데 사람들은 순서를 뒤집어 생각한다. 글을 잘 쓰고 싶어하지만 질문을 던지지 않는다. 자신만의 주제와 키워드를 고민하지 않는다. 질문이 뻔하고 평범하면 그 답도 상식적인 범주에서 벗어나기 힘들다. 누구나 답할 수 있는 식상한 글은 재미가 없다. 직접 해보지 않은 경험은 지루할 뿐이다.

좋은 글을 쓰고 싶다면 좋은 질문을 던져야 한다. 나만이 할 수 있는 유니크한 질문을 해야 한다. 그리고 시간이 걸리더라도 꾸준히 답을 찾아야 한다. 그런 다음에 쓰는 글은 서툴러도 괜찮다. 사람들이 읽고 싶어하는 글은 바로 그런 글이다.

(2)

'국민 가수'라는 말이 사라졌다고 한다. 나훈아나 서태지처럼 한 시대를 풍미하는 가수가 나오지 않는 이유는 뭘까? 예전보다 음악적 역량이 떨어져서? 그럴 리가 없다. 원인은 음악만큼이나 음악을 소비하는 환경이 달라졌기 때문이다.

한 가수의 노래를 서너 개의 공중파나 라디오 채널이 온종일 틀어내던 때가 있었다. 하지만 지금은 다르다. 멜론, 유튜브, 애플 뮤직 등 누구나 음악을 편집해서 자신만의 리스트를 만들 수 있다. 사람들은 이제 온 나라 사람들이 듣는 유행가에 좌우되지 않는다. 저마다의 취향을 가지고 힙합이든 트로트든 자신만의 팬덤을 쫓아다닌다. 이런 양상을 우리는 '탈

중앙화'라고 한다. 근 10년 넘게 이어져 오는 트렌드이자 시대적 변화다.

음악을 소비하는 채널이 달라지니 사람들의 개성과 취향은 한껏 고조되기 시작했다. 그렇다면 이런 변화를 글쓰기에 적용하면 어떨까? 요즘은 한 권의 종이책을 사서 탐독하기 보다는 전자책 구독 서비스를 이용한다. 누구나 읽는 베스트셀러에 집중하기보다는 숨겨진 보석 같은 책을 구해서 읽는 추세가 뚜렷해졌다. 숨겨진 책을 구해 읽기에 구독형 전자책 서비스는 안성맞춤이다. 이책 저책 다운받아 보고, 계속 읽을 책인지 그렇지 않을 책인지 재빨리 판단할 수 있다. 그러기에 비용 부담이 없다. 한 달에 만 원 미만을 내면 수천, 수만 권의 책을 읽을 수 있다. 이제는 얇은 아이패드에 수천 권의 책을 담아 다니며 수시로 이책 저책을 넘나들며 독서하는 일이 아무렇지도 않은 일이 되었다. 음악을 음반이나 시디로 듣지 않고 스트리밍 하는 것과 똑같은 논리다. 요즘은 운전하면서도 들을 수 있는 오디오북도 점점 늘고 있다(성우가 녹음한 오디오북 뿐만 아니라 AI가 읽어주는 것도 많아졌다).

종이책 대신 전자책을 이용하는(아날로그에서 디지털로) 변화도 있지만, 혼자서 읽다가 '함께' 책을 읽는(다시 아날로그로) 방식의 변화도 있다. '트레바리'는 함께 책을 읽는 모임이다. 아지트란 이름의 공간에서 비슷한 취미와 취향을 가진 사람들이 함께 모여 책을 읽고 토론을 한다. 트레바리 뿐만이 아니다. 지역이나 직장에서도 독서 모임 찾기가 그리 어렵지 않은 일이 되었다. 독서 모임을 중심으로 운영하는 서점(동네 책방)도 있다.

이러한 변화 속에서 우리가 던져야 할 질문은 이렇다. 음악 듣기부터 책 읽기까지 무엇이 바뀌고, 무엇이 바뀌지 않은 걸까? 사람들의 마음속에는 어떤 변화가 일어나고 있는 걸까?

팩트의 이면에 있는 유행이나 트렌드에 관심을 가져야 한다. 그리고 그 이유를 집요하게 따라가야 한다. 이유 없이 일어나는 변화는 없다. 그리고 누군가는 그러한 변화 이유(Why)를 궁금해한다. 우리가 써야 할 글도 이런 주제여야 한다.

사람이 동물과 다른 점은 생리적인 욕구가 아닌 '욕망'을 가지고 있다는 것으로 욕망의 시작엔 호기심과 설렘 등의 감정이 담겨 있다. 스릴러나 형사물의 영화 장르가 여전히 사랑받는 이유는 범인은 누구인가, 라는 질문을 던지기 때문이다. 마찬가지로 우리가 쓰는 글, 우리가 쓰는 책은 이런 욕망을 자극하는 질문을 담아야 한다.

좋은 글을 쓰고 싶다면 일상을 관찰하고 아주 작은 변화에 질문을 던져보자. 좋은 책의 서두 역시 질문이나 호기심을 자극하는 글로 시작한다는 것 또한 잊지 말자.

(3)

좋은 글을 쓴다는 것은 요리와 비슷하다. 아무리 좋은 스킬을 가진 셰프라고 해도 재료가 좋지 않다면 좋은 음식을 만드는 것은 불가능하다. 여기서 말하는 재료란 결국 '글감'이다. 신선한 고기, 갓 잡은 생선, 싱싱한 야채는 원재료의 맛만 잘 살려도 좋은 음식으로 인정받을 수 있다.

글쓰기도 이와 다르지 않다. 신선한 소재, 생생한 이야기는 설사 글쓴이가 화려한 글솜씨를 지니지 않는다 해도 빛이 난다. 문제는 어떻게 좋은 글감을 발굴할 수 있는가의 여부다. 나는 그 차이가 '질문'에 있다고 생각한다. 사람들이 무엇에 열광하는지, 무엇에 갈급해하는지 이를 질문으로 바꿀 수 있으면 된다. 마케팅에서는 그것을 '페인 포인트'(pain point)라고 부른다. 나는 다음과 같은 몇 가지 방법으로 질문을 매일 사냥(?)하고 있다.

첫 번째는 목차를 읽어보는 것이다. 뻔한 얘기라고 생각할지 모르겠다. 나는 전공 분야인 마케팅과 브랜드 관련 책은 거의 매일 검색하고 구매하고 정독한다. 동시에 다른 분야에 대한 관심도 놓지 않는다. 그렇다고 이 모든 책을 다 사볼 수는 없다. 그래서 제목과 목차에 집중한다. 사람들의 욕구와 니즈가 그곳에 숨어 있기 때문이다. 저자와 출판사는 한 권의 책을 만들기 위해 최소 몇 달, 때로는 몇 년의 시간을 쏟아붓는다. 각 분야의 전문가이자 실무자인 이들은 한 권의 책을 내기 위해 어마어마한 노력을 투자한다. 그들이 가장 먼저 하는 일도 다름 아닌 목차를 다듬는 일이다.

최소한 자신이 관심이 있어 하는 분야의 책이 나오면 제목과 목차를 주의 깊게 읽어보고 확인하자. 무조건 다독하라는 의미는 아니다. 사람들이 어떤 글을 읽고 싶어하는지, 무엇을 궁금해하는지 확인하라는 의미다. 이것은 이후 자신만의 키워드를 찾는 노하우와 직결된다. 매일 인터넷 서점에 들어가 신간과 베스트셀러의 목차를 읽어보자. 그리고 시간이 조금 더 된다면 미리 보기를 통해서 서문 정도만 읽어보자. 이것만으로도 부족하지 않다.

두 번째는 드라마의 첫 화를 반드시 보는 것이다. 대중이 열광하는 드라마와 영화는 '질문'의 보고다. 작가와 제작자들은 사람들이 어떤 이야기를 원하는지, 이에 대한 감을 타고난 사람들이다. 넷플릭스는 전 세계 사람들이 열광하는 드라마와 영화 만들기에 돈을 아끼지 않는 회사다. 넷플릭스의 회장은 젊은 시절 비디오 가게에서 일한 바 있다. 그는 자신이 일하는 가게의 모든 비디오를 보고 손님들에게 영화를 추천해 줘서 유명해졌다. 우디 앨런의 영화를 좋아하는 사람에게 그와 비슷한 소재와 완성도를 가진 영화를 소개하는 식으로 말이다. 하지만 개봉하는 모든 영화를 볼 정도의 시간이 우리에겐 있을 순 없다. 그러니 새로운 드라마나 영화가 나오면 시즌 1의 첫 화나 첫 10분을 주목해서 보자. 특히 드라마의 첫 화는 파일럿으로 만들어지는 경우가 적지 않다. 한 회를 만들어 반응을 보고, 이후 드라마의 다음 시즌 제작이나 회차 등을 결정하기도 한다. 가장 큰 공을 들일 수밖에 없다.

내가 한때 즐겨본 드라마는《나의 해방일지》였다. 가장 큰 이유는 같은 연출자의 전작인《나의 아저씨》라는 작품 때문이었다. 전혀 다른 성격의 드라마지만 내게 주는 감동과 여운은 어느 작품 하나 빠지지 않았다. 경기도를 두고 서울을 둘러싼 달걀의 흰자로 묘사한 대사는 정말 가슴을 때렸다. 화려한 삶을 비껴간 언저리에 있는 사람들, 그늘에 있는 평범한 사람들의 마음을 절절하게 묘사하는 표현이었다.《나의 아저씨》도 그렇고,《나의 해방일지》도 그렇고, 중심에 서지 못하는 사람들, 한 꺼풀 비켜난 사람들의 이야기를 다룬다는 점에서 많은 공감을 얻은 게 아닐까?

좋은 질문을 하기 위한 마지막 세 번째는 옆 사람의 이야기에 귀를 기울여 보는 것이다. 이 방법은 영화감독 봉준호가 즐겨 쓰는 방법이다. 지나치게 사적이거나 문제 소지가 있는 대화라면 공개된 공간인 카페에서 나누진 않을 것이다. 사람들이 나누는 대화 주제도 사실 거기서 거기다. 하지만 이것만큼 생생한 이야기는 없다.

어느 날 카페에서 일하던 나는 한 무리의 아주머니 이야기를 의도치 않게 엿들을 수 있었다. 왜 골프에 열광하는지, 남편과 무슨 대화를 나누는지, 시댁과의 관계는 어떤지, 무엇을 가장 고민하고 힘들어하는지 생생하게 엿들을 수 있었다. 우리와 동시대를 살아가는 사람들의 진짜 이야기다. 스토커가 되라는 것으로 오해해서는 안 된다. 대중과 호흡하고 그들의 삶에서 정말 필요한 글감을 찾아보자는 제안이다.

나는 어려운 관문을 뚫고 들어간 대기업의 신입 사원들이 채 3년을 견디지 못하고 회사를 뛰쳐나오는 이유가 너무나도 궁금하다. 한 동네에서 20년 이상을 사랑받을 수 있는 가게의 비밀도 너무 궁금하다. 마흔을 넘겨 홀로 서기를 해야 하는 남자의 심정도 무척 궁금하다.

좋은 글을 쓰기 위해서는 궁금함과 함께 '좋은 질문'을 던질 수 있어야 한다. 사람들이 무엇을 고민하고 가려워하는지

캐치할 수 있어야 한다. 그리고 그 질문에 대한 답을 제시할 수 있어야 한다. 글이나 책은 그저 도구에 불과하다. 글을 쓰는 스킬과 책을 내는 노하우에 집착하기보다 좋은 질문을 찾아다니는 데에 집중해 보자. 이렇게 찾은 글감이 당신을 유니크한 한 명의 작가로 우뚝 서게 할 테니까.

(4)

남자들은 모른다. 여자들은 헬스장에 갈 때도 화장을 한다는 사실을 말이다. 약속이나 외출도 아니고 땀 흘리며 운동을 해야 하는 여성 입장에서는 얼마나 불편할까. 그런데 이 불편함을 눈여겨 본 사람이 있었다. 그리고 '커브스'라는 여성 전용 헬스클럽을 만들었다. 이곳에서는 남자들 눈치를 볼 이유가 없다. 오로지 운동에만 전념할 수 있다. 이런 이유로 여러 여성들의 호응에 힘입어 큰 인기를 누리고 있다. 일견 당연해 보이는 것에 질문을 던졌기 때문이다.

'와비파커'라는 안경 브랜드는 무조건 매장에 가서 안경을 맞춰야 한다는 고정 관념에 반기를 들었다. 고객이 온라인으로 고른 다섯 개의 안경을 보내주고, 마음에 드는 제품을 고르게 했다. 그리고 마음에 들지 않으면 다섯 개를 더 보내줬다. 그런 다음 고객이 자신의 시력에 맞춰 렌즈 장착까지도 요청하면 이것까지도 맞춤해 전달했다. 이 과정에 들어가는 택배비는 와비파커가 부담했다. 고객은 집에서 마음에 드는 안경을 편안히 고르면 되고 렌즈까지 맞춤 할 수 있으니 얼마나 편하고 좋겠는가. 이 모두가 '왜 매장에 직접 가야만 하지?'라는 질문을 던졌기에 가능한 일이다.

당신이 쓰고자 하는 글은 어떤가. 혹시 뻔한 내용이나 고정 관념을 반복하고 있지는 않은가? 그렇다면 아무리 글 내용이 좋거나 해도 읽는 사람은 많지 않다. 반대로 제목이나 내용이 한 번도 생각해보지 못한 것이라면 어떨까? 선택받을 확률은 높다. 세상에 없는 내용을 쓰자는 게 아니라 당연한 것에 딴지를 거는 글을 써보자는 것이다.

『무례한 사람에게 웃으며 대처하는 법』이라는 책이 있었다. 무례한 사람에게는 항상 인상 쓰며 대들었던 내게는 너무나도 신선한 제목이었다. 당장에 사 들고 서문을 읽었다. 어느 개그맨이 자신을 놀리는 사람에게 지혜롭게 대처하는 내용이 생생하게 적혀 있었다. 사실 그다음 내용은 잘 기억나지 않는다. 그러나 책이 던진 질문이 너무도 신선했기에 구매에 후회는 없었다. 아니나 다를까, 그해 가장 많이 팔린 책 중의 하나가 되었다. 나처럼 소심한 사람들이 한둘이 아니었던 것이다.

책도 상품이다. 시장이 원하는 책은 팔리는 책이다. 이 때의 시장은 다름아닌 독자다. 그런데 독자가 예상 가능한 얘기를 한다면 어떨까? 팔릴까? 읽지 않으면 못 견딜만한 '질문'을 던지는 것은 팔리는(선택받는) 글(책)쓰기를 위해 꼭 필요한 능력이다.

(5)

어떻게 하면 좋은 질문을 할 수 있을까?

이 글을 읽는 독자들이라면 평소에 신문이나 다양한 보고서를 읽는데 익숙할 것이다. 그렇다면 스크랩도 어렵지 않을 것 같다. 지금부터 궁금증을 불러일으키는 제목들을 수집해 보면 어떨까? 친구들과 얘기를 나누거나, 강연을 듣거나, TV를 볼 때 떠오르는 질문을 하나의 수첩에 꾸준히 기록하는 것이다. 내용을 길게 쓸 필요는 없다. 중요한 것은 한 줄 질문이다.

사람들은 본능적으로 물음표에 취약하다. 영화가 재미없어도 끝까지 보는 이유는 결말이 궁금하기 때문이다. 질문에 대한 답은 공부를 통해서 메워도 된다. 핵심은 질문을 뽑는 것부터다. 이렇게 모아 놓은 질문은 나중에 글을 쓰고 목차를 짤 때 큰 도움이 된다.

'본죽'이라는 브랜드가 있다. 그런데 가장 싼 야채죽도 만원 가까이한다. 비싸게 팔린다. 그런데 왜 사람들은 밥 한 공기에 1,000원 하는 식당에서 만 원을 주고 죽을 사 먹을까? 브랜드가 다음과 같은 질문을 던지기 때문이다. 죽은 왜 꼭 아플 때만 먹어야 할까요? 그리고 이에 대한 '다른' 답을 시장에 내놓았다. 전날 과음으로 속 쓰린 사람에게, 천성적으로 위장이 약한 사람에게, 중요한 프레젠테이션을 앞두고 긴장한 사람에게, 죽은 그저 우리가 알던 죽이 아니다. 누군가에겐 위로요, 배려요, 용기가 되는 것이 바로 죽이다.

　세상에 어떤 질문을 할지 적어보자. 왜 이 책을 써야만 하는지 가상의 독자를 설득해보자. 단, 평범해서는 안 된다. 당신만이 물을 수 있는 질문, 당신만이 답할 수 있는 내용이라야 한다.

키워드
글감을 찾는 법

(1)

전 직장(브랜드 전문지)에서부터 지금까지 브랜드 관련 일을 해 오고 있다. 여러 종류의 글도 써봤다. 몇 권의 책도 냈다. 아모레퍼시픽, 엘지하우시스, 웹케시, 키자니아와 같은 규모가 큰 회사의 브랜드 홍보 책(매거진)이나 콘텐츠를 만들었다. 그 외에도 음식점 사장님, 학원 원장님, 온라인 마케팅 에이전시와 함께 여러 건의 단행본 작업도 했다. 강연도 곧잘 한다는 얘기를 들었다(그 어렵다는 중학생 상대로도 했다). 이 세 가지를 교집합으로 엮어 보니 먹고 살 길이 나왔다.

브랜드 컨설팅 경험이 있으면서 글쓰기와 강연을 할 수

있는 사람은 찾기가 쉽지 않다. 나는 어떻게 나만의 차별화된 '키워드'를 갖게 되었을까?

매일 세 줄 일기를 썼다. 세 줄 일기는 들이는 노력 대비 가장 효과가 확실한 습관이다. 나는 무려 7년 이상 하루 세 줄 일기를 써왔다. 첫 번째 줄에는 그 전날(다음 날 새벽에 쓸 경우) 가장 힘들었던 일을 기록한다. 욕도 하고 푸념도 하고 원망도 한다. 하지만 다음 줄은 바로 안면을 바꾸고 가장 행복한 기억을 기록한다. 어떨 때는 행복한 기억이 없어서 몸부림칠 때도 있다. 하지만 열심히 찾아보면 하루에 기분 좋은 일 하나는 있기 마련이다. 물론 없을 때는 없다고 솔직히 쓰기도 한다. 마지막 세 번째 줄에는 오늘을 살아갈 각오를 적는다. 이 기록이 축적되면 놀라운 발견을 가져다준다. 즉, 내가 무엇에 힘을 얻고 무엇에 에너지를 빼앗기는지를 분명히 알게 된다.

세 줄 일기 쓰기 다음으로, 일이나 취미와 관련된 주제를 기록하고 수집하고 정리했다. 매일 관심 있는 주제의 기사와 영상 등의 콘텐츠를 수집했다. 내가 수집하는 기사는 역시나 브랜드, 나답게 살아가는 사람, 글쓰기 등에 관한 내용이다. 먹고 살기 위해서 하는 일과도 관련 있고, 내게 영감과 에너지를 주는 키워드이기도 하다. 나는 이와 관련된 강연을 하거나 글을 쓸 때 가장 신이 난다. 하지만 이런 키워드를 찾기까지는 꽤 많은 시간이 걸렸다.

누구나 잘하는 것 하나 정도는 있다. 세 줄 일기를 쓰는 것도, 내가 흥미로워하는 것을 수집하고 기록하는 것도 키워드를 찾는 과정이다. 꾸준히 일관되게 반복할 때 내가 좋아하는 것이 무엇인지가 보인다. '자기계발'이라는 주제에 빠져 매주 월요일이면 칼퇴근을 한 후 강남 교보에 가서 문을 닫을 때까지 책을 본 적이 있었다. '북헌팅'이라고 해서 책을 읽고 네이버 블로그에 매일 글을 올렸다. 그 결과 1년 만에 파워 블로거가 됐다. 이처럼 축적의 힘은 무섭다. 어느 평범한 디자이너는 카레에 빠진 나머지 1년에 300번이나 먹는다. 절대 질리지 않는 무한한 다양성을 가진 음식이 카레라며, 먹다 보니 카레 전문가가 되었다고 말한다. 이러한 경험을 갖고서 책도 썼다 (『오늘의 기분은 카레』라는 책이다).

여러분의 흥미를 끄는 주제나 키워드, 단어는 무엇인가? 여러분도 자신만의 키워드 하나를 찾아야 한다. 그리고 그 단어와 관련해 나름의 전문가가 되어야 한다. 아무리 평범한 단어라도 반복과 축적 앞에는 장사가 없다. 일관되게 그 단어에 집착(?)하면 뾰족해지는 순간이 온다.

2

여행 작가가 있다. 무려 네 권의 책을 펴냈다. 지금은 책을 쓰고 싶어하는 사람들을 가르치는 수업도 진행한다. 물론 탄탄대로의 즐거운 일만 있는 인생은 아니었다. 10년 전 발병한 암 때문에 일주일에 세 번 이상의 강의는 무리일 정도로 몸이 약했던 적도 있다. 작가는 앞으로 어떤 일을 하며 살아야 할지를 고민한다며 나에게 컨설팅을 의뢰해왔다.

나는 두 시간 가까이 이어진 미팅에서 한 가지를 확인할 수 있었다. 작가는 여행을 너무나도 좋아하고 사랑했다. 여행을 이야기할 때면 반짝하고 눈이 빛났다. 그래서 나는 물었다. 여행의 어떤 점이 그렇게 좋으신가요? 뜻밖의 질문이었는지, 그녀는 쉽게 답하지 못했다. 이윽고 꺼내놓은 대답은 다음과 같았다.

"여행을 가면 한없이 자유로워져요. 저 사람이 나를 어떻게 볼지 신경 쓰지 않아도 되죠. 저는 음식이나 풍경 때문에 여행을 가는 게 아니에요. 세계 어디를 가든 만날 수 있는 사람들 때문이에요."

그렇다. 이 분이 여행을 좋아하는 이유는 남들과 조금 달랐다. 멋진 풍경과 새로운 음식이 주는 자극보다는 그곳에서 만나는 사람, 그 사람 앞에서 눈치 볼 것 없이 행동할 수 있는 자유를 중요하게 여겼다. 어쩌면 그녀는 여행 뒤에 숨은 '자유'라는 가치를 추구하는 사람일지도 모르겠다는 생각이 들었다. 그렇다면 조금 다른 글을 써볼 수도 있지 않을까? 지금까지와는 조금 다른 인생을 살아볼 수 있지 않을까? 이런 얘기를 하자 작가의 얼굴에 화색이 돌았다. 이런 생각은 한 번도 해보지 않았다고 했다. 나는 조언을 이어갔다. 여행과 글쓰기 같은 작은 원을 두어 개 더 만들어보라고 했다.

여행을 싫어하는 사람은 없다. 다들 좋아한다. 글 잘 쓰는 사람도 많다. 이 교집합에 여행 작가가 있다. 그렇다면 여기에 덧붙여 재능의 원을 두어 개 더 만들면 어떨까. 예를 들어, 그림을 배운다면 작가의 새 책에는 직접 그린 여행지의 생생한 그림이 들어간다. 역사는 어떨까? 여행 가서 보고 들은 것들의 비하인드 스토리까지 이야기할 수 있다면 또 한 번 뾰족해지지 않을까?

마찬가지다. 여러분도 내가 쌓은 지식과 경험, 나름의 가치관을 정리해볼 필요가 있다. 이를 하나의 '가치 키워드'로 묶어내는 작업이 글쓰기이고 책 쓰기다. JYP의 박진영은 미래의 아이돌을 선발할 오디션에서 노래와 춤, 스타성, 인성 등의 네 가지를 조건으로 내걸었다. 자신이 평소 생각해둔 중요한 가치를 합격의 기준으로 선택한 것이다. 박진영은 이 네

가지 키워드를 가지고 충분히 자신만이 할 수 있는 이야기를 쓸 수 있을 것이다.

당신 인생을 대표할 수 있는 키워드는 무엇인가? 추상적일 수도 있고 구체적일 수도 있다. 중요한 것은 이 키워드들의 교집합이다. 이 교집합에 당신만이 쓸 수 있는 글의 주제가 숨어 있다. 그리고 이는 새로운 인생을 살기 위한 가이드 역할도 해준다. 꼭 기억해야 할 사실이다.

(3)

정진호라는 작가가 있다. 이분은 원래 대기업 소속의 프로그래머였다. 그러던 어느 날, 그림을 그리기 시작했다. 일상의 소소한 것들과 여행지에서의 풍경 등을 그리기 시작했다. 그리고 지금은 '행복 화실'이라는 이름으로 그림 그리기 프로그램을 진행하고 있다(행복 화실의 대표적인 프로그램은 100일 동안 100개의 그림을 그리는 것으로 매년 1월 1일에 시작한다).

그는 책도 썼다. 어떻게 그림을 시작하게 되었는지 자신의 경험을 담은 에세이는 물론이고, 그림 그리는 방법에 대한 책이었다. 그가 쓴 책은 일본과 대만으로 수출되기도 했다. 그는 지금 'J비주얼 스쿨'이라는 회사의 대표로 있으며 애견 미호와 함께 매일 그림을 그린다. 이제는 대기업에서 취업을 권유

해도 가지 않는다. 오히려 그림 그리기만으로 생계를 꾸리는 고민을 한다.

그의 그림은 독특하다. 비주얼 씽킹(생각이나 정보를 빠르고 간단하게 표현하는 그림)은 결코 어려운 기술이 필요한 그림이 아니다. 누구나 보는 즉시, '나도 그릴 수 있겠는걸' 이렇게 생각할 정도의 그림이다. 하지만 작가는 말로 설명하기 어려운 내용을 그림으로 쉽게 이해할 수 있도록 하는 커뮤니케이션 도구로서 그림의 가치를 높였다. 만일 그가 홍대나 서울대 미대를 나왔다면 결코 이런 방법을 생각하지 못했을 것이다.

내가 말하는 글쓰기 역시 누구나 할 수 있는 쉬운 글쓰기다. 미사여구나 아름다운 표현이 가득한 미문이 아니라 바로 읽고 이해할 수 있는 간결한 문장이다. 마치 정진호 작가의 그림과 같다. 이런 글쓰기가 나에게 적합한 이유는 전문적인 글 공부를 해본 적이 없기 때문이다. 하지만 '브랜드'라는 다소 어려운 이야기를 풀어내기에는 조금도 불편함이 없다. 오히려 해당 분야를 쉽게 쓸 수 있다는 점에서 장점이 된다.

우리는 단어와 문장마다 빼곡히 표시된 빨간 펜의 첨삭을 두려워하면서도 한편으로는 동경한다. 그래야만 완벽한 문장, 책 쓰기가 가능할 거라고 믿기 때문이다. 물론 글의 완성도를 생각한다면 반드시 거쳐야 하는 일이다. 하지만 그 일을 반드시 당신이 해야 한다고 생각할 필요는 없다. 앞서 얘기한 대로 있는 그대로 내 능력껏 쓰면 그만일 뿐이다.

중요한 것은 내용이다. 당신만이 알고 있는, 당신만이 경험한 '무엇'이 있다면 나머지는 편집자에게 맡기면 된다. 그들이 교정과 교열, 윤문을 통해 당신의 원석과 같은 거친 글을 다듬어준다. 그런데 많은 이들이 이 순서를 무시한다. 이론과 방법을 먼저 배우려 한다. 하지만 프로 작가들도 편집자들의 도움을 받는다는 사실을 알아야 한다. 그들의 글에도 빨간 펜이 난무한다. 하물며 글쓰기를 막 시작한 당신의 글은 말해 무엇할까.

내가 무엇을 쓸 수 있는지 고민하는 것이 우선이다. 그리고 그것이 사람들에게 필요한 글인지 고민하는 것이 그다음이다. 또 나만이 쓸 수 있는 것인지도 고민해야 한다. 핵심은 '차별화'다. 소재가 특별하든, 경험이 특별하든, 문체가 특별하든, 서술 방식이 특별하든 당신이 쓴 글은 남달라야 한다. 이 세상의 모든 회사, 제품을 만들고 판매하는 마케터의 고민과 다르지 않다. 남들도 만들 수 있는 제품이라면 팔리지 않는다. 더 싸게 더 좋게 만들면 그만이다. 하지만 오직 당신만 만들 수 있는 제품이라면 가격이 비싸도 팔리게 마련이다.

팔리는 글은 세 가지를 갖추고 있다. 재미와 정보와 감동이다. 사람들은 무엇보다 재미있는 글을 원한다. 내가 모르는 정보를 원한다. 함께 공감할 수 있는 따뜻한 글을 원한다. 그러나 이 세 가지는 '독특함'이라는 전제가 있을 때 힘을 발휘한다. 누구나 다 아는 뻔한 유머에 웃을 사람은 없다. 당신보다 더 많이 아는 사람이 있다면 굳이 당신의 긴 글을 읽을 필요가 없다. 하물며 감동적인 이야기야 말해 뭣하겠는가.

나는 누구나 아는 '습관'에 '브랜딩'을 접목해서 '남다른' 이야기를 만들어냈다. 그게 바로 『스몰 스텝』이란 책이다. 책에서 나는 습관을 통해서 나다워지는 방법을 이야기했다. 그래서 무명작가임에도 팔리는 책을 쓸 수 있었다. 나는 글의 첨삭을 먼저 고민하지 않았다. 나만 쓸 수 있는 글이 무엇인지를 먼저 고민했다.

그렇다고 '차별화'가 세상에 없는 아주 독특한 무엇은 아니다. TV에서 어느 배우가 아주 쉽고 재미있게 요리하는 장면을 보여주었다. 무슨 특별한 요리는 아니었다. 핵심은 배우가 만드는 요리라는 점이다. 전문 요리사가 아닌 배우가 만드는 요리라는 점에서 사람들이 관심을 가진다. 이것이 바로 차별화의 정석이고, 차별화의 방법이다. 즉, 내가 가진 경험과 지식을 믹싱하는 것이다.

앞서 말한 정진호 작가는 그림을 그리는 프로그래머였다.

주부가 주식에 관한 책을 쓴다면 아주 쉬울것 같다. 물리학자가 영화 이야기를 한다면 생각만 해도 흥미롭다. 당신이 가진 이력과 지식의 교집합에 주목하라고 말하는 이유도 이 때문이다.

내가 갖고 있는 키워드의 교집합을 만들어보고, 필요할 경우 늘려보자. 그다음 할 일은 꾸준히 쓰는 것이다. 그리고 기다리는 일이다. 이는 또 다른 차별화의 방법이다. 나는 스몰 스텝을 7년 이상 실천해오고 있다. 정진호 작가는 자신의 블로그를 20년 가까이 운영해오고 있다. 독일의 파버 카스텔은 300년 동안 필기구 하나만 만들고 있다. 역사와 전통을 가진 브랜드는 사랑받는 것만큼이나 차별화의 힘도 크다. 그러니 긴 호흡을 가지고 나만 쓸 수 있는 글을 고민하자.

자기계발에 관련한 리뷰를 2년 동안 꾸준히 쓰니 파워 블로거가 될 수 있었던 것처럼, 하나의 주제로 2년 동안 브런치에 글을 썼더니 어느새 작가가 되어 있었던 것처럼, 오랫동안 꾸준히 한다는 것에 너무 겁먹을 필요는 없다. 당장 나만 쓸 수 있는 글쓰기를 고민하자. 그리고 꾸준히 해보자. 다행히도 대부분의 사람들은 꾸준히 뭔가를 하지 않는다.

경험
글감을 찾는 법

∽∽∽

(1)

『스몰 스텝』의 서문은 맨 마지막에 썼다. 맨 처음에는 작은 눈송이 하나가 굴러 커다란 눈덩이가 되는 비유로 글을 시작했다. 그런데 눈송이보다 눈덩이가 좋은 이유를 설명하기가 어려웠다. 논리적인 설득이라고 해야 할까? 그런 게 좀 쉽지 않았다. 그러다 지워버리고, 그냥 내가 겪은 일을 쓰기로 했다. 아주 작은 일들을 반복했더니 내 인생이 바뀌었다는 이야기였다. 일필휘지로 쉽게 써졌다. 그제야 깨달았다. 나는 비유나 논리적인 글엔 약한 사람이구나. 반대로 직접 경험한 이야기를 쓸 때는 힘이 있구나. 그 후로 경험한 것만 쓰기 위해 노력

했다.

책장에서 좋아하는 책을 찾아 하나 빼내 서문을 읽어보라. 작가라면 누구나 서문을 본문 이상으로 고민한다. 나는 내가 읽은 책들의 서문에서 세 가지 큰 특징을 찾을 수 있었다. '논리' '비유' '경험'이다. 이 세 가지는 꼭 서문에만 국한되진 않는다. 좋은 글이 갖춰야 할 요소라 해도 틀리지 않다.

전 직장에서 오랫동안 함께 했던 한양대 홍성태 교수님은 강연과 글쓰기에 모두 능한 몇 안 되는 분이다. 그의 강의는 늘 경쾌하고 유쾌했다. 글도 마찬가지다. 저서『모든 비즈니스는 브랜딩이다』역시나 참 재미있게 쓰여진 책이다. 가장 눈에 띄는 특징은 명쾌한 비유다. 비유가 사람들에게 와 닿으려면 논리가 결부된 비유여야 한다. "맥도날드는 버거를 팔지 않았다. 쇼비즈니스를 했다." 이처럼 브랜딩을 쉽고 선명하게 비유적으로 설명할 수 있는 것은 보통 내공이 아니고서는 어렵다. 오랜 연구와 경험에서 나오는 한 줄이다. 책에는 여러 성공한 브랜드를 비유를 통해 알기 쉽게 풀어낸다. 읽다 보면 고개가 끄덕여진다.

그런데 비슷하지만 또 다른 브랜딩 책이 있다. 최장순 대표의 책이다. 사실 이분의 책은 쉽게 읽히진 않는다. 그런데 사람들은 좋아한다. 이유가 뭘까? 스타일리시하기 때문이다.

한 마디로 간지가 난다. 그가 쓴 책에는 많은 비유가 등장한다. '본질의 발견'에서는 동굴의 비유가, '의미의 발견'에서는 성당 건물을 짓는 세 명의 사람이 등장한다. 마찬가지로 개념과 논리를 비유로써 쉽게 풀어쓴다. 똑똑한 사람들이 자주 쓰는 방법이다.

그런가 하면, 좀 다르게 시작하는 책도 있다. 박신후 대표의 책 『행복을 파는 브랜드, 오롤리데이』와 이동진 대표의 『생각이 기다리는 여행』이다. 모두 자신의 아주 사적인 경험에서 시작한다. 독자가 책 속으로 빠르게 몰입할 수 있도록 자신의 내밀한 이야기를 털어놓는다. 무슨 논리나 비유가 아니라 자신의 이야기로 책을 시작한다.

이름만 들어도 아는 저자가 아니라면 나는 후자의 방법, 즉 경험으로 시작하는 글쓰기를 권하고 싶다. 대부분의 독자는 나를 모른다. 즉, 내가 아무리 멋들어진 주장을 한다고 해도 주목을 끌어내기가 쉽지 않다. 그냥 '네 생각일 뿐'이다. 하지만 독자가 겪어 봄직한 이야기로 글을 시작한다면 어떨까? 그들의 눈길을 끌 수 있다.

그리고 당신이 어떤 분야의 탁월한 전문가라면 쉽게 쓰기를 고민해야 한다. 당연한 얘기겠지만 사람들은 쉬운 글을 좋아한다. 하지만 그러기 위해서는 비유나 논리에 대해서도 충분히 고려할 필요가 있다.

책을 처음 쓰거나, 누구나 알만한 유명 인사가 아니라면 어떻게 해야 사람들이 내 이야기를 들을까를 고민할 수밖에 없다. 나는 그 답은 혹할만한 경험이라고 생각한다. 내가 세바시 강연을 할 때 내 인생의 가장 아팠던 기억으로 말문을 열었다고 전한 바 있다. 그 덕분인지 영상 조회 수는 폭발했다.

세상에는 잘난 사람이 널리고 널렸다. 내가 모르는 당신을 다른 사람이 알 가능성은 매우 낮다. 그러니 재미를 느꼈던 그 순간, 누군가를 공감했던 그 순간, 모르면 안 될만한 지식을 알게 되었던 그 순간을 이야기해야 한다. 그리고 이왕이면 그 순간의 이야기는 당신만이 가질 수 있는 것이라면 더 좋다.

당신의 글이 선택받지 못한다면 그건 당신만의 독특한 경험, 스토리가 없기 때문이다. 한 마디로 당신의 '당신다움'이 없다는 말과도 같다. 그러니 글을 잘 쓰기 위해 글쓰기 교실부터 찾아가는 일은 하지 말아야 한다. 누구나 혹할 만한 '경험'부터 먼저 찾아야 한다. 잘 쓰는 일은 그다음에 해도 충분하다.

(2)

"수업 시간에 내가 하는 잔소리가 땅볼처럼 굴러가는 지리멸렬한 공이라면, 훌륭한 작가의 한 줄 문장은 깨끗하게 담장을 넘는 힘찬 홈런 볼이었다. 그 말들은 저마다 부드러운 곡선을 그리며 마음의 울타리 안으로 쏙 들어갔다."

아름다운 문장이다. 두 번의 설명이 필요 없다. 머릿속에서 홈런볼 하나가 힘차게 솟아오르며 담장 너머로 사라져간다. 은유 작가가 쓴 『쓰기의 말들』 속에 등장하는 한 문장이다. 이 문장은 왜 아름다울까? 그건 아마 누구나 알아듣기 쉬운 비유에, 그 비유가 너무나도 구체적이기 때문이지 않을까? 막연하긴 하나 좋은 글에는 누구도 부인할 수 없는 어떤 매력이 있다. 은유 작가의 글처럼 무릎을 탁 치게 하는 문장은 어떤 과정을 거쳐 나오는 걸까?

브랜드의 B자도 모르는 상태에서 글 좀 쓴다는 이유로 덜컥 입사한 브랜드 전문지에서 갖은 마음 고생을 하며 배운 한 가지가 있다. 그것은 '아는 것을 써야 한다'는 거였다. 내가 알지 못하는 브랜드, 경험하지 못한 브랜딩에 대해 '잘' 쓰는 일은 언제나 고역이었다. 대신 웹 서핑을 하다 브랜드에 관한 좋은 글을 찾으면 이를 페이스북으로 '전달'하는 일은 비교적 수월했다. 경험하지 못한 브랜드에 대해 쓰는 것보다는 쉬운 일이었다. 그리고 재미있기도 했다. 그렇게 시작한 페이스북 글쓰기는 불과 3년이 지나지 않아 7만에 가까운 페친을 모았다. 타잡지사에서 취재를 올만큼 유명세도 탔다. 그리고 나는 퇴사를 했다. 그다음은 여러 번 얘기한 것처럼 상상도 하지 못하던 일이 일어났다.

무언가를 제대로 아는 사람만이 '쉬운' 글을 쓸 수 있다. 정확한 비유로 생생한 묘사를 할 수 있다. 남극에 가보지 않은 사람은 눈과 펭귄, 오로라를 이야기한다. 하지만 직접 가본 사람은 흰색과 파란색, 단 두 개의 색으로 생생하게 묘사한다. 독자는 안다. 이 사람이 알고 있는지, 아는 체를 하는 것인지. 그래서 글은 정직해야 한다.

글쓰기는 발밑에서부터 시작된다. 내가 걸어본 동네의 골목길에서부터 쓸 수 있어야 한다. 그것이 아무리 사소하고 평범한 풍경이라 할지라도 말이다. 프랑스 파리에 관한 글은 누구나 동경하지만 가보지 않은 사람은 쓸 수 없는 것과 같다. 내가 아는 것만, 경험한 것만 써야 한다.

책과 인터넷을 통해 잘 정리된 정보를 굳이 당신이 쓸 필요는 없다. 멋진 글은 생생한 글이다. 구체적인 글이다. 그리고 그 글은 당신의 손끝, 발끝에서 시작한다. 은유 작가의 짧지만 강렬한, 멋진 글은 그렇게 탄생했다.

3

전북 남원에 있는 화장품산업지원센터에서 강의 의뢰가 들어왔다. 브랜드에 관한 강의였다. 강의를 의뢰하신 분은 수강생들이 생산과 관련된 일을 하는 분들이라 이 주제에 대해서 크게 관심이 없을 수 있다고 걱정을 덧붙였다. 나는 고민했다. 어떤 이야기로 포문을 열어야 주의를 끌 수 있을까.

조금 일찍 강의장에 도착해 내 앞의 두 개의 강의를 연달아 들었다. 플라스틱으로 인한 환경 오염과 남원의 역사에 관한 강의였다. 슬쩍 뒤돌아 보니 제대로 듣고 있는 사람은 많지 않았다. 강의 진행이 쉽지 않을 것 같았다.

드디어 내 차례가 되었다. 나는 슬라이드 하나를 띄우고 이렇게 물었다. "어떻게 8천 원 짜리 은반지 하나를 50만 원에 팔 수 있는 걸까요?" 화면에는 티파니 브랜드의 은반지 사진이 걸려 있었다. 나는 이거야말로 사기가 아니냐고 물었다. 모든 시선이 일제히 화면으로 향했다. 그다음에는 할리 데이비슨이 만든 오토바이 사진을 띄웠다. 회사 로고임에도 불구하고 사람들이 자신의 몸에 문신을 새기는 세상 유일한 브랜드라고 소개했다. 몇몇 사람은 놀란 듯 얕은 탄성을 질렀다. 헛웃음을 짓는 사람도 있었다. 그다음에는 프라이탁이 만든 가방 사진을 화면에 띄웠다. 어떤 재질로 만든 가방인지를 물었다. 캔버스 천을 말하는 사람도 있었고, 나일론을 말하는 사람도 있었다. 나는 거대한 트럭 방수천을 재단하는 공장의 사진을 다시 띄웠고, 버려진 방수천으로 만든다고 했다. 그리고 가격은 40만 원이나 한다고 했다. 다들 놀라는 모습이 역력했다. 다시 이것이야말로 사기가 아니냐고 물었다. 사람들은 선뜻 답하지 못했다. 그제야 나는 오늘 말하려는 브랜드가 가진 힘이 이런 것이라고 얘기해주었다. 내 앞의 50여 명의 사람은 이후 단 한 번도 한눈을 팔지 않았다.

처음 브랜드 전문지의 에디터로 이직을 결정했을 때만 해도 '캔버스'라는 당시 핫하던 신발 브랜드의 이름도 몰랐다. 사실, 브랜드에 대해서 무지했다. 아무것도 모르는 상태에서 글을 쓰려니 난감했다. 주말 없이 일에 매달렸다. 그러다 우울증에 공황장애까지 찾아왔다. 결국 그곳에서 7년을 일하고 그만뒀다.

이후 5년 동안 크고 작은 회사를 상대하며 브랜드를 다시 배웠다. 이번에는 현장에서였다. 그제야 이론으로 배웠던 브랜드에 대한 개념이 명확해지는 기분이었다. 그러자 글쓰기가 쉬워졌고, 내가 쓰고 말하고자 하는 바에 힘이 붙기 시작했다. 현장의 경험이 어설픈 지식에 날개를 달아주는 것 같다. "아, 그때 말한 그것이 이런 거였구나!" 각 분야의 숨은 고수들을 만나면서 내 지식은 더욱더 풍부해지고 선명해졌다.

잘 모르는 것에 대해서는, 경험해보지 않은 것에 대해서는 쓰지 않는 것이 정상이다. 글쓴이 스스로 납득하지 못하는 내용을 갖고서 독자를 설득할 수는 없다. 그렇지 않고, 확신만 있다면 글에도 힘이 실리고 독자 설득도 쉬워진다. 앞서 나는 브랜드에 관한 장황한 이론으로 강연을 시작하지 않았다. 브랜드를 잘 모르던 시절, 내가 가장 놀라며 궁금해했던 내용(경험)으로 강연을 시작했다.

"왜 사람들은 수십 수백 배의 비용을 치르고 그 브랜드를 구매하는 것일까요? 사기가 아닌가요?" 나의 지난 10년의 공부는 바로 이 같은 의문을 해소하는 여정이었다. 내 앞에서 강의를 듣는 그들도 10년 전의 나와 마찬가지였을 것이다. "만약 이게 사기가 아니라면 브랜드란 정말이지 엄청난 것 아닌가요?" 모든 사람들의 시선이 일제히 화면을 향하는 장면을 지금도 잊을 수가 없다.

좋은 글은 솔직한 글이다. 거짓이 없는 글이다. 진정성 있는 글이다. 그 사람의 체험이 담긴 글은 힘이 있을 수밖에 없다. 깨달음의 순간을 고백하는 글은 묘한 흥분까지도 불러일으킨다. 우리가 알고자 하는 내용 대부분은 인터넷 검색만으로도 충분히 얻을 수 있다. 그럼에도 사람들은 왜 글을 쓰고 책을 사는 것일까. 그것은 우리가 각기 다른 방식으로 지식과 정보를 소화하고 해석하기 때문이다. 같은 브랜드에 대한 지식이라도 대기업과 중소기업, 소상공인과 자영업자, 프리랜서와 개인이 받아들이는 필요의 정도는 다를 수밖에 없다. 중요한 것은 각각의 대상에 눈높이를 맞추는 일이다. 듣는 사람과 읽는 사람과 교감하는 일이다.

글을 쓰는 이유는 나 혼자의 만족을 위해서는 아니다. 정보와 재미와 감동을 함께 나누기 위해서다. 그런 강연과 글을 위해 가장 필요한 작업은 단 하나, 내가 먼저 그 정보와 재미에 감동(경험)하는 일이다. 그다음에서야 확신을 가지고 말할 수 있다. 그렇게 나는 믿고 있다.

어설프게 주워들은 정보나 지식을 써서는 안 된다. 내 경험에 대해, 내 깨달음에 대해 써야 한다. 그리고 첫 문장에는 내가 경험을 하게 된 이유 그리고 의문을 담아야 한다. 기교는 그다음이다.

(4)

9회 말 2사, 투수 쿠니미 히로는 누상에 단 한 명의 주자도 보내지 않았다. 이제 퍼펙트게임까지 아웃 카운트는 단 하나가 남았다. 마지막 와인드업을 마치고 공을 던지는 순간, 그의 팔은 유리처럼 산산이 부서진다. 그리고 히로는 꿈에서 깬다. 이어지는 다음 장면. 히로는 자신의 글러브를 집 앞마당에서 태우고 있다. 엄마가 무심히 묻는다. "얘, 히로야. 너 뭘 태우고 있는 거니?!" 글러브가 타닥타닥 소리를 내며 검은 연기와 함께 타오르고 있다. "내 청춘이에요." 다시 엄마가 딴전을 피우며 말한다. "그런 것보다 네 침대 밑에 있는 야한 책이나 태웠으면 싶은데, 엄마는…" 그러자 히로가 뒤도 돌아보지 않고 이렇게 말한다. "그건… 내 목숨이고."

청춘 야구 만화 『H2』의 첫 장면이다. 가장 사랑하는 만화다. 다른 일본 만화에는 특별히 관심을 가져본 적이 없다. 누구나 한 번쯤 읽었을 『슬램 덩크』나 『원피스』도 앞부분만 읽다가 그만두었다. 내가 이 만화를 좋아하는 이유는 단 하나다. 인물과 사건을 묘사하는 방식 때문이다. 작가는 '심각한' 주제를 '가볍게' 다루는 기술을 갖고 있다. 어마어마한 슬픔을 무심하게 툭 하고 던져놓는다.

히로는 중학 시절 3년을 야구에 걸었다. 그 결과 친구 히데오와 함께 야구 천재로 불리며 온갖 타이틀을 다 가진 영웅이 되었다. 그런데 그만 선수 생활을 마감하는 심각한 부상을 입고만다. 계속 야구를 했다간 3개월 안에 팔이 완전히 망가진다는 경고를 받은 것이다. 아무리 만화라지만 가볍게 다룰 수 없는 시나리오 아닌가. 하지만 작가 아다치 미츠루는 이 상황을 '가볍게' 묘사한다. 34권에 걸친 장대한 스토리도 크게 다르지 않다. '그는 슬픔에 빠져 어깨를 들썩이며 소리 내어 울었다.' 슬픈 장면을 이런 식으로 묘사하는 사람은 아마추어다. 작가가 먼저 슬픔에 빠져버리면 독자가 끼어들 틈이 없다. 고수는 오직 대화와 동작으로만 슬픔을 말한다. 『H2』의 작가가 딱 그랬다.

시나리오가 쓰기 어려운 이유도 바로 이 때문이다. 슬픈 것을 슬프다고 표현하지 않고 대사와 행동(지문)으로만 표현하기 때문이다. 그렇다면 이런 글을 쓰기 위해 우리는 어떤 준비를 할 수 있을까? 타고난 재능 없이는 불가능한 것일까?

"힌두인인 그는 꼬챙이처럼 마른 몸에 머리는 삭발을 했고 눈빛은 흐릿하게 젖어 있었다. 그는 숱 많고 두툼한 콧수염을 길렀는데, 몸집에 비해 터무니없이 커서 마치 영화에 나오는 코미디 배우의 수염 같았다. 그들은 그의 곁에 바싹 붙어 있었고, 줄곧 그가 정말 곁에 있는지 확인이라도 하듯 조심스레 손을 얹고 있었다. 마치 아직 살아 있어 물로 뛰어들지도 모를 물고기를 다루는 사람들 같았다. 하지만 그는 무슨 일이 벌어지고 있는지 거의 모르기라도 하듯 오랏줄에 맥없이 팔을 맡긴 채 아무 저항도 없이 서 있었다."

조지 오웰이 1931년 8월 뉴 아델피지에 〈교수형〉이란 제목으로 게재한 에세이 중 일부다. 추적추적 비가 내리는 미얀마에서의 하루를 묘사한 글이다. 오웰은 한때 영국의 식민지였던 미얀마에서 경찰 간부로 일한 적이 있다. 영국의 명문 사립학교 이튼을 졸업하고 주변의 만류에도 불구하고 미얀마로 떠난 오웰, 하지만 그곳에서 식민 통치의 앞잡이 노릇을 한다는 자괴감에 괴로워했다. 그 때문이었는지, 경찰 생활을 접고 5년간의 노숙 생활을 했다. 앞서 인용한 글은 그때의 경험을 쓴 것이다.

인간은 경험하지 않은 것을 진정성 있게 말할 수 없다. 경험의 크기와 진폭이 글의 생명력을 높인다. 오웰의 글이 구체적인 이유는 직접 경험을 해보았기 때문이다. 마찬가지로 나는 감히 장담할 수 있다. 『H2』 작가 아다치 미츠루 역시 꿈을 잃어버린 실연의 경험이 있었을 것이라고. 우리의 글쓰기가 골방에서의 작업이 되지 말아야 하는 이유가 여기에 있다.

나는 오늘도 글감(경험)을 찾아다닌다. 무슨 일을 하든, 누구를 만나든, 글 속에서 어떻게 기록하고 묘사할지를 항상 고민한다. 글감이 없으면 일부러 만들기도 한다. 책도 읽고 영화도 본다. 글을 쓰고 사람들의 반응을 살핀다. 슬프되 슬프지 않은 글을 쓰기 위해서, 기쁘되 기쁘지 않은 표현을 하기 위해서. 인간은 똑같은 자극에 모두 다르게 반응한다. 나라면 히로의 심정을 어떻게 표현했을까? 그러한 상상이 내 글의 근육을 팽팽히 긴장시킨다.

(5)

요즘 아이돌의 춤을 보다 보면 그 정교한 군무와 몸놀림에 놀라곤 한다. 그러면서도 부드러운 움직임과 살아있는 표정에 한 번 더 놀란다. 그리고 또 한편으로는 얼마나 많은 연습을 했을까, 하는 안쓰러운 생각도 든다. 실력이 하루아침에 이뤄졌을 리는 만무하다. 수년에 걸친 연습은 어떤 춤을 가르쳐도 소화할 수 있는 탄탄한 기본기를 주었을 것이다.

나는 춤이라면 젬병이지만, 글쓰기의 기본기에 대해선 어느 정도 말할 수 있다. 글쓰기는 블록 쌓기와 같다. 여기서 블록은 자신만의 생각, 경험, 주장을 뜻한다. 기본이 탄탄하면 블록을 쌓기도 쉽다. 쉽게 무너지지도 않는다. 제일 재미없는 글은 자기의 생각이나 주장이 없는 글이다. 남들의 주장을 잘 인용해 모아둔 책만큼 지루한 것은 없다. 이런 걸 잘한다고 해서 글을 잘 쓴다고 착각해서는 안 된다.

요즘처럼 인터넷으로 무엇이든 검색할 수 있는 세상에서는 굳이 책을 통해 정보를 취하거나 지식을 쌓으려고 하지 않는다. 더군다나 그것이 메시지라면 더욱 그렇다. 이때 사 볼 이유라는 것은 어떻게 그러한 깨달음에 이르게 되었는지, 작가만이 했던 특별한 경험담이다. 그래야 읽는 힘(재미)이 생긴다. 이를테면 '시내버스만 타고 서울에서 부산까지 가본 사람의 이야기'는 어떤가. 누구나 알고 있고 해볼 수도 있지만, 실제로는 아무나 해보지 못한 이야기다. 내가 말하는 글쓰기의 기본기란 이런 경험의 블럭이다.

나는 『스몰 스텝』 책을 낸 후로 '스몰 브랜드'에 오랫동안 천착하고 있다. 그리고 작은 브랜드에도 브랜딩이 필요하다는 주장을 하고 있다. 나아가 사람이 곧 브랜드라는 생각도 한다. 그런데 이런 주장이 힘을 얻으려면 근거가 있어야 한다. 그래서 작지만 성공한 브랜드 200여 개를 찾아 SNS에 소개하는 일을 계속하고 있다. 이 일이 더욱 힘을 받으려면 브랜드 창업자를 한 분씩 만나 그들의 이야기를 듣거나, 내가 하나씩 브랜드를 경험하거나 그래야 한다. 그러면 좀 더 입체적인 글이 된다. 결국 내 것으로 만들어야 좋은 글이 나온다.

좋은 글은 자신이 아는 바를 나열한다고 만들어지지 않는다. 나의 감정을 늘어놓은 글을 누가 읽겠는가. 좋은 글은 나만 할 수 있는 생각, 나만 할 수 있는 주장, 나만 쓸 수 있는 경험으로 만들어진다.

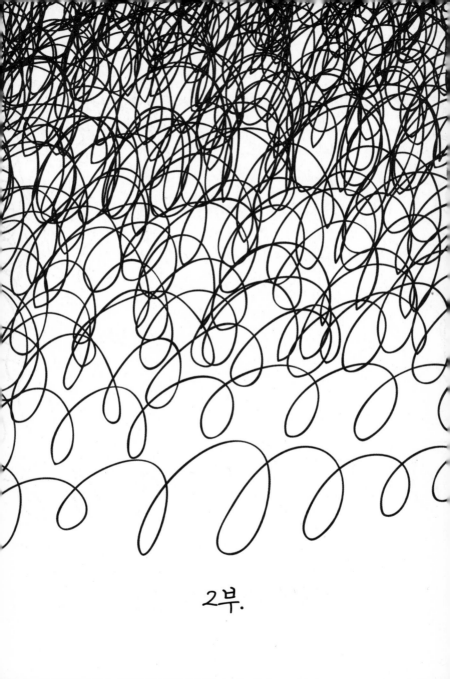

2부.

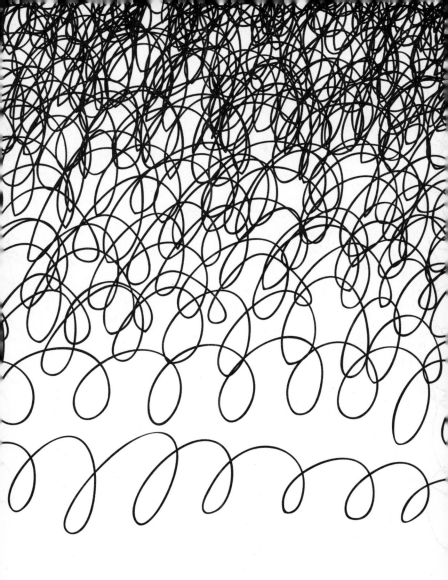

어떻게 다르게 쓸 것인가

변화
글을 써야 하는 이유

~~~

(1)

스티브 잡스는 스탠퍼드 대학 졸업식 연설에서 다음과 같은
말을 남겼다.

"여러분은 앞(미래)으로 나아가면서 점(일, 사건)을 연결할
수 없습니다. 오직 뒤(과거)를 돌아볼 때만 점들이 연결된 것을
볼 수 있습니다. 그래서 여러분은 이 점들이 미래에 어떤 방
식으로든 서로 연결될 것이라는 믿음을 가지셔야 합니다. 여
러분의 직관, 운명, 삶, 업(카르마) 등 어떤 것으로든 말이죠. 이
런 접근 방식은 결코 저를 실망시키지 않았고 제 인생의 모든
변화를 만들어냈습니다."

평생 세 번의 기회가 온다는 말이 있다. 이 말이 주는 교훈은 '3'이라는 숫자에 있지 않다. 어떤 기회든 준비되지 않은 사람이거나 점을 이어갈 줄 모르는 사람에게는 무의미할 뿐이라는 얘기다. 스티브 잡스도 이를 잘 알고 있었다.

아무런 연관성이 없어 보였던 사건, 기회, 만남 같은 것들이 연결되어 놀라운 변화를 만들어내는 경험을 했다. 그것도 꽤 여러 번이나. 문제는 이 점을 어떻게 이을 수 있는가다. 고백하건대, 내가 만일 군대를 다녀온 후 두 번째 수능을 치르지 않았다면, 나이 서른다섯에 직업을 바꾸지 않았다면, 퇴사 후 어떤 대표님을 찾아가지 않았다면, 『아주 작은 반복의 힘』이라는 책을 읽지 않았다면, 그래서 스몰 스텝을 실천하지 않았다면, 그 경험을 브런치에 글로 쓰지 않았다면, 오늘의 내가 있었을까? 아마도 없었을 것이다.

세 줄 일기를 매일 쓰지 않았다면, 진짜 내 모습을 만나지 않았다면, 평생 그렇고 그런 인생으로 살았을지도 모른다. 결코, 과장이 아니다. 나는 현재, 15년 동안 했던 직장 생활보다 프리랜서이자 1인 기업가, 브랜드 컨설턴트이자 작가로 살고 있는 지금이 훨씬 더 만족스럽다.

스티브 잡스는 스티브 잡스일 뿐이다. 500여 페이지에 달하는 그의 전기를 읽고 느낀 점은 '나쁜 놈'이었다. 하지만 불꽃처럼 자신을 태우는 삶을 살았다는 그 사실만큼은 절대 변하지 않는다. 그의 삶은 그것만으로 충분히 존중받을 만하다. 우리도 스티브 잡스처럼 살아야 한다. 시작은 자신을 움직이는 힘을 깨닫는 것부터다.

일을 하면 할수록 힘이 나고 신이 나는 것을 찾아야 한다. 그것이 아무리 작고 사소한 것이라도 놓치지 말아야 한다. 왜냐면 일상의 에너지를 주기 때문이다. 그렇게 내가 좋아하는 일이 쌓이고 쌓이면 스스로를 긍정할 수 있는 힘을 가지게 된다. 자존감이 높아지고 통제감이 생긴다. 그리고 무언가를 할 수 있다는 자신감이 생긴다. 자연스레 나와 비슷한 에너지 레벨을 갖고 있는, 서로에게 좋은 영향을 줄 수 있는 사람을 찾고 만나게 된다. 그리고 나의 역량에 맞닿는 기회를 얻게 된다. 전혀 다른 삶을 살게 된다.

우리는 밤하늘에 수놓아진 이름 없는 별 중 하나다. 아무리 유명한들 수많은 별 사이에선 무의미한 존재다. 그러나 하나의 삶, 한 사람의 인생은 너무나 소중하다. 우리가 세상에 태어난 데에는 나름의 이유가 있다. 우리 삶은 그 이유를 찾아가는 여정이다. 내가 살다 떠남으로써 세상이 조금 더 좋아지는 것, 우리에게 주어진 삶을 향한 최소한의 예의다. 그래서 우리는 우리답게 살아야 한다. 나답게 살 수 있어야 한다. 밤하늘의 별을 이어 스토리를 만들 수 있어야 한다.

무의미한 존재는 없다. 각기 다른 모양으로 충분히 빛날 수 있는 사람일 뿐이다. 오늘도 당신은 수많은 점을 찍을 것이다. 이제라도 그 점을 잇는 일에 관심을 기울여 보자. 매일 글쓰기를 해보자. 그리고 경험의 점을 찍어 보자. 밤하늘의 별자리처럼 점들에 이름을 붙이고 의미를 연결해보자. 점들이 가장 자기다운 삶으로 당신을 인도할 것이다. 그리고 마침내 밤하늘의 별자리처럼 당신을 찬란하게 밝힐 것이다.

(2)

나는 혼자 일한다. 늦잠을 자도, 밤을 새워도, 새벽에 일어났다가 다시 자도 아무도 나에게 뭐라 할 사람은 없다. 오로지 내 시간을 스스로 책임지고 쓸 뿐이다. 나는 아침에 일어나 한 편의 글을 쓰는 일만큼은 반드시 루틴을 갖고서 지킨다. 그럴 때와 그렇지 않을 때의 차이가 너무 크기 때문이다.

뇌는 본능적으로 주인의 관심사를 쫓기 마련이다. 주인이 뭔가를 매일 쓰고 싶어한다는 사실을 깨달은 뇌는 마치 하이에나처럼 온종일 먹을 거리를 찾아다닌다. 내 경우는 그게 '브랜드'이고 '마케팅'이고 '사람'이다. 나는 이게 그렇게 재미있을 수가 없다. 아주 작은 브랜드가 다윗처럼 골리앗을 이기는 사례를 만나면 흥분은 절정에 달한다. 그리고 그 비법을 전수받는 것도 즐겁기 그지없다.

뇌는 인풋을 아웃풋으로 연결한다. 거리를 걸을 때도 간판을 유심히 살피게 되고, 새로 오픈한 가게를 보고서는 나라면 저길 갈까? 어떤 차별점으로 가게를 연 걸까? 이런 식으로 끊임없이 고민을 한다. 길거리를 가다가 재미있는 카피를 만나면 사진으로 찍어 두기도 한다. 언제 아웃풋의 불쏘시개로 쓸지 모를 일이기 때문이다. 이렇게 수집한 소재들은 먹기 좋게 적당히 잘라서 온갖 다양한 채널로 글로 업데이트한다.

다행스럽게도 내가 올리는 글을 좋아해 주는 사람이 많다. 나의 관심사를 이해해주고 함께 읽어주는 사람들이다. 회사에 다닐 때도 그랬다. 메신저로 읽은 책의 문장을 동료와 나누면 그 중 꼭 한 사람 정도는 잘 읽었다며, 좋은 책을 소개해줘서 고맙다며 인사를 건넸다. 그게 인연이었을까? 모회사가 운영하는 출판사 편집장의 눈에 띄었다. 그분은 내게 어떤 책의 리라이팅 작업을 의뢰했다. 그게 인연이 되어 나중에 하는 일까지 바꿀 수 있었다. 그렇게 한결같이 사람을 연구하고 브랜드를 고민했다. 지금의 나는 그렇게 만들어졌다.

지금도 매일 읽을만한 기사와 인사이트 넘치는 콘텐츠와 사람을 끊임없이 찾아다닌다. 그리고 그 내용을 트위터, 블로

그, 브런치, 페이스북, 인스타그램, 스레드 그리고 유튜브를 이용해 다양한 방식으로 나눈다. 어렵게 발견한 브랜드 관련 기사들은 조각을 낸 후 읽기 좋게 다듬어 브런치 등으로 올린다. 이 내용을 페이스북과 스레드로 공유한다. 이렇게 모은 콘텐츠는 다시 한 번 가공을 거쳐 유튜브 같은 영상 콘텐츠로도 옮긴다.

내가 만든 콘텐츠가 그렇게 뛰어난 내용일까? 그렇지는 않다. 검색만 하면 금방 찾을 수 있는 내용이다. 하지만 사람들은 그 정도 수고를 하지 못한다. 관심과 열정으로 찾아다니지 못한다. 브랜드 하나를 컨셉 휠과 가치 제안 캔버스 그리고 브랜드 포트폴리오로 정리하는 데에는 적게는 수 시간, 많게는 수 일의 시간이 든다. 서치와 정리는 절대적인 시간을 필요로 한다. 자신이 좋아하는 일이 아닌 이상 이만큼의 시간을 들이진 못한다. 하지만 나는 공들여 정리하고, 그렇게 만든 콘텐츠를 아무런 조건 없이 사람들과 나눈다. 이러한 과정이 즐겁다.

이같은 수고(?)가 나를 부자로 만들어 줄까? 아직까진 잘 모르겠다. 회사 다닐 때보다는 더 많은 수익을 올리고 있긴 하지만, 그래 봤자 한 달 벌어 한 달 사는 삶이다. 그럼에도 즐거운 건 사실이다. 내가 좋아하고 잘하는 일로 누군가를 도울 수 있는 보람과 즐거움을 깨달았기 때문이다. 더 많은 사람과 더 많은 기회를 만나고 있다. 회사를 나온 후 삶은 몇 배나 더 바빠졌다. 이런저런 인연으로 만난 사람들은 각 분야에서 모두 탁월한 사람들이다. 이제는 그런 사람이 나를 찾아오기도 한다.

시작은 모두 글쓰기로부터였다. 여러분도 글을 써보라. 잘 쓰지 못해도 좋다. 그 과정에서 관심이 있고, 일생을 바칠만한 키워드를 찾게 된다면 그것만으로도 가치가 있다(내게는 그런 키워드가 브랜드, 마케팅, 사람이라고 했다). 작은 시작이 꼬리에 꼬리를 물고 새로운 변화와 기회를 가져다줄 것이다. 놀라운 경험은 그때부터다.

(3)

삶을 단순하게 살기로 했다. 시작은 바로 새벽 시간의 활용이다. 내 일의 8할을 차지하는 것은 다름 아닌 글쓰다. 몇 권의 책 쓰기와 함께 서너 개의 프로젝트를 동시에 진행하고 있다. 새롭게 시작한 프로젝트도 10여 년 넘게 해온 나의 글쓰기 노하우를 담은 강좌다.

새벽 서너 시간에 한두 개 정도의 글을 끝내고 나면, 마치 하루를 다 살아낸 듯한 만족감이 스멀스멀 찾아온다. 이어서

뿌듯한 마음으로 현관문을 나서 한 시간 정도 달리기와 산책을 병행한다. 집으로 돌아와 샤워하고 다시 책상에 앉아 일기를 쓴다. 시간은 어느새 오전 9시를 가리킨다. 남들은 출근을 서두르고 사무실에 도착하는 시간이지만, 나는 이미 하루 일의 절반 이상을 마무리한 상태다. 이어지는 오전은 일정을 정리하고 잡다한 일들을 처리하는 준비의 시간으로 보낸다. 오후에는 주로 미팅을 하거나 서점을 찾거나 자료를 정리하며 여유롭게 보낸다.

"책이나 이야기를 쓸 때, 저는 매일 아침 동이 트자마자 쓰기 시작합니다. 아침에는 저를 방해할 사람이 없으며, 날이 시원하거나 차갑긴 하지만 작업을 하게 되면 곧 더워집니다. 이미 썼던 것을 다시 읽어보고, 다음에 무슨 일이 벌어질지 알게 될 때 글쓰기를 멈춥니다. 그리고 다음 날 아침 바로 그 부분에서 다시 글을 쓰기 시작하지요." (『작가란 무엇인가』 헤밍웨이 파트에서)

헤밍웨이는 매일 일정한 양의 글을 썼다. 아침 일찍 일어나 정오까지 글을 쓰고, 오후에는 0.5마일 수영을 했다. 그리고 저녁에는 바에 가서 술을 마셨다. 그는 하루에 400단어에서 700단어 정도의 글을 썼다. 많이 써도 1,000단어를 넘진 않았다. 그러나 이 짧은 글을 쓰기 위해 무려 일곱 자루의 연필을 깎아 썼다. 군더더기 없는 문장을 위해 고치고, 고치고 또 고치는 수고를 마다하지 않은 것이다. 하루키도 마찬가지다. 일흔 살이 넘은 지금까지도 하루에 200자 원고지 스무 매를 규칙적으로 쓴다. 쓸 수 있을 때 기세를 몰아 많이 써버리지 않는다. 글이 써지지 않아 쉬거나 한다면 규칙이 깨지기 때문이다. 그는 철저하게 타임 카드를 찍듯이 쓴다. 이들이 이렇게 하는 데에는 분명한 이유가 존재한다. 글쓰기의 흐름을 지키기 위해서다.

글을 많이 써본 사람은 안다. 한 단락을 새로이 쓰기 위해서는 앞선 몇 페이지를 몇 번이고 반복해서 읽어야 한다는 것을. 쉽고 자연스럽게 읽히는 글에는 다 이유가 있다는 것을. 나도 지금의 이 단락을 위해 앞선 단락을 몇 번이고 연거푸 읽었다. 그래야만 쉽게 읽히는 글을 쓸 수 있기 때문이다. 짧은 글도 하물며 그렇게 쓸지언데 소설은 말해 무엇하랴.

물론 나는 하루키도 헤밍웨이도 아니다. 그러나 그들의 삶이 단순한 이유를 조금은 알 것 같다. 인생은 어차피 마라톤이다. 글쓰기도 마찬가지다. 선택과 집중이 필요하다. 자신의 삶에 있어 '뭣이 중헌디'를 아는 사람은 삶도 심플하다. 삶이 심플하면 글도 심플하다. 그래서 나는 매일 새벽에 일어나 글을 쓴다. 남들이 자는 새벽 시간을 이용해 글을 쓴다. 하루의 삶을 심플하게 바꾸어(변화시켜) 간다. 내 글을 쓰기 위해서. 내 인생을 살기 위해서. 누구보다 나다운 삶을 살기 위해서.

(4)

"약자는 달리 약자가 아니다. 자기 삶을 설명할 수 있는 언어를 갖지 못할 때 누구나 약자다."(『글쓰기의 최전선』, 은유)

내가 좋아하는 은유 작가의 말이다. 많은 사람들이 의외로 자신의 삶을 제대로 타인에게 전달하지 못해 애를 먹는다. 각종 면접 자리에서, 사랑하는 사람 앞에서, 중요한 PT 자리에서, 하다못해 물건을 사면서 흥정을 할 때도 필요한 것이 '말하기'라는 소통 능력이다. 그리고 대면이 아닌 활자를 통한 소통 능력이 '글쓰기'이다.

말과 글로 자신을 설명하지 못하면 약자가 된다. 억울한 일을 당하고도 제대로 항변하지 못하고, 능력이 있음에도 그것을 제대로 보여주지 못한다. 이런 삶을 사는 사람들을 두고 은유 작가는 '약자'라고 말했다.

여기에 더해 나는 글쓰기가 인생에 있어서 일종의 '무기'가 된다고 생각한다. 억울하거나, 간절하거나, 무언가가 필요한 상황에서 우리는 '잘' 말해야 하고 '잘' 써야 한다. 이렇게 실용적인 용도로 접근할 때 글쓰기는 있어도 그만 없어도 그만인 능력이 아닌, 자신의 삶을 설명하는 무기가 된다.

우리가 글을 써야 하는 이유는 더 크고 원대한 목적이어야 한다. 나의 개성, 취미, 역량, 가능성을 타인에게 전달함은 물론이고, 내 삶의 전체를 타인에게 제대로 설명할 수 있는 나만의 언어를 가지는 단계로까지 나아가야 한다. 그리고 놀랍게도 이런 언어는 내게 좋은 관계와 나아가 부와 명예까지도 가져다준다.

SNS로 누구나 자신의 재능과 가능성을 수익화할 수 있는 지금의 시대에서는 더욱 그렇다. 부디 이 글을 읽는 당신이 자신만의 언어를 가진 '강자'의 삶을 살 수 있기를 진심으로 응원한다.

자기다움
어떤 글을 써야할지 모르겠다면

(1)

동백은 초등학교에 다니는 아들이랑 살며 술집을 운영한다. 게장 골목길의 남자들은 유독 그 술집만 찾는다. 남편이 없는 미혼모인 동백은 동네 여자들로부터 갖은 구박을 당한다. 그런 동백을 좋아하는 순경이 있다. 그의 이름은 용식이다. 머리보다 몸이 먼저 움직이는 사내다. 언제나 불의를 참지 못해 사고를 친다. 동백의 술집이 있는 건물주가 8천 원짜리 땅콩 값을 내지 않자 그의 지갑을 들고 튀다가 고소까지 당한다. 건물주는 아내로부터 인정을 받지 못한 사내다. 주변 사람들로부터 인정받길 원하는 캐릭터다. 그래서 조금만 치켜세워

줘도 금세 기분이 좋아지는 남자다. 용식의 엄마는 동백을 아낀다. 자신의 젊은 시절과 너무나도 닮았기 때문이다.

드라마 《동백꽃 필 무렵》의 이야기다. 이 드라마의 핵심은 캐릭터다. 현실에 있을 법한 인물들이 별일도 아닌 사건들로 온종일 북적거린다. 캐릭터의 과장된 표현이 드라마에 생기를 더한다. 시청률이 말해주듯 재미있다. 그러면서 드는 의문은 "도대체 이 재미는 어디에서 나오는 걸까?"이다.

나는 사람 관찰하는 것을 즐긴다. 특이한 사람을 좋아한다. 주머니 속의 송곳처럼 결국은 튀어나오고야 마는 사람들의 개성을 사랑한다. 지인 중에는 언제나 한복만을 입고 다니는 디자이너가 있다. 예쁜 생활 한복이다. 그녀는 왜, 언제부터 한복을 입게 된 걸까? 무슨 사연이 있는 걸까? 그녀가 '사람 책'이라는 모임에서 강연을 한 적이 있다. 반응은 폭발적이었다. 마치 숨겨둔 송곳이 주머니를 뚫고 나온 것 같았다. 좋은 글이 갖춰야 할 핵심 요소 중 하나가 바로 이러한 궁금증이다.

스릴러 영화를 볼 때, 시간 가는 줄 모르는 이유는 다음이 궁금하기 때문이다. 궁금한 것을 참지 못하는 것은 인간의 본능이다. 왜 저 사람은 한복을 입고 다닐까? 왜 저 사람은 멀쩡한 직업을 두고 휴직을 한 것일까? 왜 저 사람은 굳이 힘든 철인삼종경기를 고집하는 걸까? 이런 의문이 좋은 이야기 꺼리를 만든다. 이야기의 핵심에는 캐릭터가 있다. 이처럼 세상에 순응하지 못한, 아니 순응하지 않는 사람의 이야기는 언제나 재미있다. 반전이 있는 사람을 만나면 그야말로 "땡큐 소 머치"다.

내 친구 중 하나는 틈만 나면 바다 수영을 즐긴다. 새벽에는 오토바이를 탄다. 툭하면 심야 영화를 본다. 어린 시절 도롱뇽을 삼키다가 죽을 뻔한 이야기를 웃으면서 한다. 직장에 들어갔다가 상사를 때려 1,000만 원의 합의금을 내기도 했다. 하루도 바람 잘 날이 없다. 하지만 그는 세상에 둘도 없는 효자다. 늘 투덜거리면서도 부모가 진 수억 원의 빚을 지금도 묵묵히 갚고 있다. 기골이 장대한 그는 늘 친구들의 안부를 묻는 세심한 사람이다. 매일 먹는 점심 사진을 단톡방에 올리기도 한다. 고급 리조트에서 일할 때는 늘 일출이나 일몰 사진을 올렸다. 잠깐의 백수 시절에는 낚시하는 사진을 올렸다. 나는 특유의 그 에너지가 좋다. 거친듯하면서도 세심하고, 막사는 듯하면서도 생각이 깊은. 언젠가 그의 이야기를 짧은 소설로도 써보고 싶다. 남다른 그를 표현하는 것인 만큼 표현도 남달라야 한다. 직접적인 표현은 아마추어다. 그는 착한 사람이다, 라는 표현은 감흥이 없다. 캐릭터와 사건으로 달리 표현할 수 있어야 한다.

동네 아줌마들로부터 수모를 당한 동백이 어딘가로 향한다. 그런 동백을 용식이가 뒤따른다. 그들이 함께 다다른 곳은 인근의 기차역. 용식이 이곳에 온 이유를 묻자 동백은 한참을 머뭇거린다. 그리고 이윽고 그녀가 가리킨 곳은 분실물 보관소다. 그다음의 대사가 내 마음을 때렸다.

"사람들한테 사랑한다, 이렇게 되어서 미안하다, 라는 이야기는 자주 들었어요. 하지만 고맙다, 라는 말은 이상하게 들어본 적이 없네요. 그런데 저 분실물 보관소에서 일하는 사람은 항상 두 번, 세 번 고맙다는 말을 듣고 살아요. 사람들이 두고 내린 핸드폰, 아이들 가방, 음식물 꾸러미를 찾아주니까요. 저 사람이야말로 이 기차역의 꽃인 것 같아요."

용식은 그런 동백에게 친구가 되자고 고백한다. 한 번도 자신의 편을 만나지 못한 동백은 그제야 용식에게 마음을 연다. 저돌적인 용식과 한없이 수동적인 동백, 항상 사건 사고의 주범이 되는 용식과 언제나 말끝을 흐리는 동백. 개성은 필히 밖으로 표현되는 법이다. 세상에 둘도 없이 멋진 사람은 나다운 삶을 살아가는 사람들이다. 동백은 동백답게, 용식은 용식답게 살아갈 따름이다. 그런 나다움이 사건 사고의 원인이 되고, 더욱 자기다운 삶으로 자신을 인도한다.

누구에게도 미움을 받지 않는 삶은 누구에게도 사랑받지 못하는 삶이다. 재미없는 삶이다. 자신의 이야기가 없는 삶이다. 좋은 글을 쓰려면 자신의 캐릭터를 선명하게 다듬어야 한다. 그래야 쓸 거리가 생겨난다. 자신이 어떤 사람인지를 알아야 한다. 좋은 글은 이렇게 나다운 삶에서 시작된다. 드라마 《동백꽃 필 무렵》의 동백처럼 그리고 용식처럼 말이다.

(2)

회사를 그만두고 지난 몇 년 동안 매일같이 글을 썼다. 특별한 일이 없으면 새벽 네 시, 늦어도 다섯 시에는 일어나 글을 한 편씩 썼다. 뇌가 저항할 새도 없이 눈만 뜨면 모니터 앞으로 달려갔다. 효과는 분명했다. 전날 오후 내내 붙잡고 있던 글이 다음날 새벽이면 거짓말처럼 술술 써졌다.

내 삶도 달라졌다. 매일 글을 써야 하니, 항상 글감을 찾아다니게 되고, 더 열심히 살게 됐다. 사람을 만나도 글감, 일이 터져도 글감, 글을 쓰기 위한 삶이 자연스럽게 내 인생 전부가 되었다. 힘들어도, 귀찮아도 다음 날의 글감을 생각하면 힘이 났다.

그동안 사람들은 어떤 글에 반응했을까? 가장 먼저는 '글쓰기'에 관한 글에 가장 많이 반응했다. '폭풍처럼 글 쓰는 7

가지 노하우'는 서부 영화의 한 장면을 그리며 한 번의 호흡으로 쓴 글이다. '새벽 3시의 글쓰기'도 마찬가지다. 새벽마다 쓰는 글쓰기에 관한 이야기를 있는 그대로 썼다. 현란한 글쓰기의 스킬 보다 새벽 시간의 글쓰기가 가져다준 심플한 삶의 매력을 전하고 싶었다(이 책에도 해당 글이 조금 편집을 거쳐 수록되어 있다). 이처럼 거짓이 없는 글은 진정성의 힘을 갖고 사람들을 불러 모은다.

그다음으로 반응이 좋았던 글은 '브랜드'에 관한 글이다. 나는 작가이기 이전에 브랜드 컨설턴트다. 크고 작은 개인과 기업을 만나 그들의 브랜딩을 돕는다. 각각의 기업이 가진 차별점을 네이밍이나 카피, 스토리텔링, 단행본 형태로 풀어내는 것이 내 일이다. 브랜딩의 본질은 자기다움의 발견이다. 개인이든 기업이든 남다른 차별점을 스스로에게서 발견하는 일이다. 이는 경쟁에서 살아남을 수 있는 유일한 돌파구다. 이제 막 떠오르고 있는 브랜드에 대한 이야기도 흥미롭지만, '스몰 스테퍼'(스몰 스텝 단톡방 멤버)들의 이야기가 더 인기가 높다. 이들의 이야기는 자기다움을 찾고 스스로 브랜드가 되어가는 여정과 같다.

그다음으로 인기가 있었던 글은 '스몰 스텝'에 관한 글이다. 스몰 스텝 단톡방 아래에는 10여 개의 크고 작은 모임이 있다. '사람 책' '미라클 모닝' '토요 원서 미식회' '스몰 정리 스텝' '쓰닮쓰담' '마라톤' 등 온라인과 오프라인을 가리지 않는다(이중 지금은 운영이 안 되고 사라진 모임들도 있다). 멀리 지방에서도 모인다. 다양한 색깔의 모임이다. 이제 모든 모임과 행사에 참여하는 일은 불가능해졌고, 나도 여러 모임 중 한 부분을 맡아서 할 뿐이다. 이들의 이야기, 자발적인 스몰 스텝을 복기하는 글은 참여자들은 물론이고 내게도 초심을 잃지 않고, 원래의 취지대로 잘 나아갈 수 있도록 하는 생각의 시간을 제공한다.

단 하루도 빠짐없이 하는 글쓰기는 나에게 무엇을 남겼을까? 백일이 되고 천일이 되면 어떤 일이 생길까? 초창기 스몰 스텝 모임을 통해서 60일 동안 지속한 글쓰기는 계속해서 질문을 던졌다. 나는 어떤 사람인가? 무엇을 할 때 가장 큰 힘을 얻는가? 무엇을 할 때 가장 살아있음을 느끼는가? 어떻게 하면 선한 영향력을 가질 수 있는가? 나의 일은 어떻게 해야 차별화될 수 있는가? 끊임없이 묻고 답하는 생각의 기회를 주었다. 그러면서 조금씩 확신을 가질 수 있었다. 남과 다를 수 있겠다는, 내 글도 그럴 수 있겠다는.

이후, 내 글은 '읽히는' 글에서 '팔리는'(선택받는) 글로 진화되었다. 그리고 이러한 경험은 나뿐만 아니라 스몰 스텝 단톡방 사람들 모두에게 전파되며 자기 책을 가진 사람으로, 작가로 변신하는 데 도움을 주었다.

최근 쓰닮쓰담 글쓰기 워크숍을 열었다. 주말반으로 모자라 평일반도 열었다. 약 스무 명의 사람들이 모였다. 이들과 매주 함께 글을 쓴다. 평범한 글쓰기가 아니다. 가장 나다운 삶을 살기 위한 지혜를 모으는 작업이다. 이 과정은 내가 지난 10년간 배운 브랜딩의 과정을 고스란히 따르고 있다.

글쓰기에서 시작해 브랜드, 스몰 스텝으로 연결되는 일련의 과정은 나에게 있어서 자기 발견의 과정과 다를 바 없었다. 그래서 지루할 틈이 없었다. 모든 것이 쓸 거리가 되고 모든 경험이 강의 자료가 되었다. 지금도 브랜드가 된 사람을 찾아 전국 곳곳을 누비고 있으며, 점점 더 많은 사람을 만나고 있다. 그리고 더 많은 경험을 쌓고 있다. 동시에 나는 점점 더 나다워지고 있다. 사람들에게 글쓰기를 권하는 이유도 이 때문이다. 글쓰기는 가장 나다운 삶을 발견하는 과정이다.

(3)

글을 쓰기 힘든 이유는 천만 가지다. 굳이 글을 쓰지 않아도 되는 이유에 필적할 만큼이나 많다. 글을 쓰고 싶은 게 본능이라면, 글을 쓰고 싶지 않다는 것 또한 우리 DNA에 새겨져 있는 본능이다. 마치 누구나 사랑에 빠지고 싶어하지만 결국 엔 사랑 때문에 고통받는 모습과 흡사하다.

매번 쓰디쓴 이별을 경험하면서도 우리는 불나방처럼 글 쓰기의 유혹에 빠진다. 그래서 글쓰기에 감정적으로 다가가 면 안 된다. 철저히 이성적이고 논리적으로 다가가야 한다. 내 게 주는 유익을 계산해보고(꼭 수입을 말하는 것이 아니다), 어떻게 하면 효율적으로 쓸 수 있을지를 고민해야 한다. 그러한 방법 중 하나가 태그 달기다. 수없이 떠오르는 아이디어와 스쳐 지 나가는 경험들에 꼬리표를 달아두는 것으로 이 원리는 글감 찾기에도 적용된다.

나는 아이폰과 아이패드, 맥북을 쓴다. 혹시 나처럼 애플 의 iOS 생태계에 묶여있는 사람이라면 베어라는 프로그램을 써봄 직하다. 이 프로그램의 구조는 단순하다. 형태는 일반적 인 메모와 다를 바 없다. 한 가지 특징이라면 태그가 곧 카테 고리가 된다는 점이다. 좋든 싫든 태그의 숲이 만들어진다. 만 일 내가 쓴 글에 '스몰 스텝'이라는 태그를 달면 화면 왼쪽으 로 카테고리(태그)가 표시된다. 즉 모든 글이 태그라는 꼬리표 로 정리된다. 만일 내가 어떤 글을 쓴 후 '스몰 스텝' '글쓰기' '베어'라는 태그를 달게 되면, 이 글은 스몰 스텝 카테고리를 클릭해도 나타나지만 글쓰기와 베어라는 카테고리를 클릭해도 손쉽게 찾을 수 있다. 이중 삼중의 글감 찾기가 가능해진다.

화장은 하는 것보다 지우는 것이 중요하다. 마찬가지로 글감은 모으는 것만큼이나 분류도 중요하다. 내가 필요할 때 글감을 쉽게 찾을 수 없다면 헛수고다. 열심히 방 정리를 하는데, 정작 내가 찾는 물건을 어디에 두었는지 모르는 경우와 다를 바 없다.

한 번에 글을 완성할 수는 없기에 우리는 항시 글감을 수집해야 한다. '놋토'라는 시계 브랜드에 꽂혀 한참을 검색하고 관련된 정보를 베어에 기록해 두었다. 시계에 관련된 글을 쓰기 위해 '시계'를 검색하면 놋토에 관련된 글이 나온다. 이런 식의 수집법은 양과 시간이 축적되었을 때 비로소 진짜 힘을 발휘한다. 내가 관심 있어 하는 주제가 차곡차곡 쌓이는 것과 같기 때문이다. 관련된 글을 쓰고 싶어질 때 이 태그만 검색하면 된다.

여기서 하나 더 재미있는 것은 이러한 태그들이 자기다움과도 연결되어 있을 가능성이 매우 높다는 것이다. 결국 내가 모으는 것들이 나의 숨은 욕구이다. 글쓰기의 시작은 이 자기다움을 찾는 것에서부터 시작된다. 어떤 주제에 관심이 있고, 무엇에 끌리는지, 무엇을 할 때 가장 큰 힘을 얻는지 아는 것이 글쓰기의 기본이자 첫 번째 단추다. 그러니 한 번에 글을 쓰려는 욕심은 버리고 글감부터 수집해보자. 그리고 글감에 꼬리표(태그)를 달아보자. 수시로 꼬리표를 점검하자. 그제야 비로소 내가 어떤 사람인지가 선명해진다. 그다음엔 수집해온 꼬리표를 클릭해 글을 살피고, 이를 이어 한 편의 글을 완성하면 된다. 어떤 글보다 당신다운 글, 차별화된 글이 될 것이다. 또한 가장 당신다운 삶으로 인도할 것이다.

(4)

'정육각'이라는 브랜드가 있다. 온라인으로 돼지고기를 판다. 그런데 이 브랜드의 컨셉이 '초신선'이다. 도축한 지 4일 이내의 돼지고기만을 팔기 때문이다. 고기는 숙성할수록 맛있다는 상식을 가진 사람들은 무슨 소린가 할 것이다. 하지만 생선도 활어를 좋아하는 사람이 있듯이 이 브랜드를 좋아하는 사람들이 적지 않다. 그런데 이 컨셉과 유사한 제목의 책 한 권이 생각난다. 바로 『초격차』라는 책이다. 삼성전자 출신의 어느 임원이 쓴 이 책은 제목의 덕을 톡톡히 보았다. 그냥 격차도 아니고 초격차라니. 혹시 이 책의 제목 아이디어를 정육각에서 얻었던 것은 아닐까?

이 글을 읽는 독자는 어떤 방법으로 책을 고르는지 궁금하다. 대개 사람들은 책의 제목과 표지 디자인 그리고 목차를 보고 판단한다. 조금 더 꼼꼼한 분은 서문 정도를 읽는다. 그러니 제목의 중요성은 아무리 강조해도 지나치지가 않다. 그러나 제목만 그럴싸하고, 막상 읽어보면 화가 날 정도로 내용이 부실한 책 또한 적지 않다. 출판사나 편집자 혹은 저자의 욕심 때문에 벌어진 일이다. 그러나 컨셉이 분명한 책은 제목과 내용이 맞아떨어진다.

그렇다면 컨셉은 무엇일까? 특정 제품이나 서비스의 특장점을 압축한 단어나 문장, 이미지들을 일컫는 말이다. 그렇다면 당신이 쓰고자 하는 책은? 한 번에 표현할 수 있는 제목이 있나? 있다면 금상첨화다. 그런데 이 제목은 어디에서 올까. 당신이 살아온 삶, 중요하게 생각하는 가치로부터 온다. 바로 당신이 쓰게 될 책의 컨셉이다.

2008년에 내가 쓴 책 『스몰 스텝』은 아주 작은 실천의 반복이 삶을 바꿀 수 있다는 내용을 담고 있다. 사실 이런 내용의 책은 숱하게 많다. 그럼에도 책은 내가 가진 능력 이상으로 과분한 사랑을 받았다. 나는 이것이 제목의 힘, 컨셉의 힘 때문이라고 생각한다.

"매일매일 작은 습관들을 반복하면 삶을 바꿀 수 있다"라는 말은 누구나 할 수 있지만 그것을 실천하는 사람은 10분의 1 수준밖에 되지 않는다. 그리고 그것에 대해 글을 쓸 수 있는 사람은 100분 1 아니 1,000분의 1로 더 줄어든다. 즉, '스몰 스텝'이라고 압축해서 글로 메시지를 낼 수 있는 사람은 거짓말 조금 보태 나 말고 없다는 뜻이다.

쓰고자 하는 책의 내용을 한두 줄로 압축해보자. 혹은 내 생의 핵심 실천 사항을 한두 문장으로 압축해보자. 내가 '스몰 스텝'을 생각한 것처럼. 그리고 (이왕이면) 컨셉을 미리 잡고 글을 써보자. 글쓰기는 훨씬 쉬워지고 글은 뾰족해진다. 무엇보다 내가 쓸 수 있는 글인지 아닌지를 빠르게 판단할 수 있다. 내가 아직 그만한 자격과 경험이 부족하다면, 지금이라도 그러한 준비를 하면 된다. 어쩌면 이런 것이 멀리 보는 관점에서 '초격차'를 만들어내는 글쓰기 노하우일지 모른다.

8년이 지난 지금도 『스몰 스텝』의 인세는 꾸준히 들어오고 있다. 여러분도 나처럼 되지 말란 법이 없다.

(5)

우연히 넷플릭스 다큐 한 편을 추천받았다. 제목도 낯설었다. 《나의 문어 선생님》. 추천한 사람이 신뢰할만한 분이 아니었다면 제목만 보고 지나쳤을 것이다. 다행히 나는 놓치지 않고 문어에 관한 다큐를 끝까지 보았다. 아니 두 번, 세 번 보았다. 그리고 내 생에 가장 감동적인 장면 하나를 가슴에 새길 수 있었다.

문어는 사람을 알아보고 손끝을 맞추며, 심지어 품에 안기기까지 했다. 이 다큐를 찍은 사람은 현직 다큐 감독이다. 다큐 감독이 다큐를 찍는 게 당연한 일이겠지만, 문제는 이 사람이 심각한 슬럼프에 빠져 있었다는 거다. 그의 표정과 담담한 나레이션 그리고 출렁이는 바다와 스산한 바닷가 풍경은 그의 심정을 화면으로 대신해주고 있었다. 그는 마음을 다시 일으켜 세우기 위해 바다를 찾았다. 거친 바닷속 풍경 속을 헤엄치며 마음의 평안을 얻고자 했다. 그러던 어느 날, 바다에서 문어 한 마리를 만난다. 이후 문어가 새끼를 낳고 죽을 때까지 1년 동안 둘의 인연은 이어졌다.

나는 가장 좋은 글을 쓸 수 있는 시간이 바로 '실패'의 순간이라고 생각한다. 물론 성공적인 삶을 살 때도 글을 쓸 수 있다. 하지만 우리 일생 대부분은 성공과 실패의 중간 즈음에 있지 않나? 그러다 느닷없는 인생의 위기를 만날 때 우리는 오감을 곤추세워 내 안의 이야기를 쏟아낸다. 실연을 당한 후 소주 한 잔을 기울이며 친구를 붙잡고 하소연하는 것처럼 말이다. 심지어 어떤 가수는 슬픈 노래를 부르기 위해 일부러 여자 친구와 헤어지기까지 했다지 않은가.

세바시 강연을 앞두고는 공황 장애의 경험을 떠올렸다. 인생에서 가장 힘든 시기 중 하나였다. 부하 직원과 내 책상이 눈앞에서 바뀌는 그 순간의 이야기를 담담히 써내려갔다. 세 번째 고쳐 쓴 글을 보고 담당 PD의 얼굴이 밝아지던 모습을 지금도 기억한다. 그리고 이제는 그 경험이 부끄럽지 않다. 나의 실패가 누군가에게는 위로가, 또 나에게는 새로운 기회가 될 수 있음을 알았기 때문이다. 그리고 한 가지 반가운 사실은 성공한 이야기만큼이나 사람들은 실패의 스토리를 좋아한다는 사실이다.

힘든 일이나 고민이 생기면 글 쓸 준비를 해야 한다. 실패, 좌절, 위기가 오면 오히려 좋은 글을 쓸 때가 왔다고 생각하자. 유명한 브랜드일수록 수없이 많은 흑역사를 가지고 있다. 그들이 처음부터 유명했다고 착각하지 말자. 그들이 바닥을 걷던 시절이 있었기에 지금의 성공이 더 빛나 보인다. 그러니 아프고 힘든 일이 있다면, 실연을 했다면, 사업에서 실패했다면, 기록으로 남길 최적의 시기라고 생각하자.

(6)

"두 번째 명함을 만들자."

무슨 말인가 싶다. 그러나 여기서 말하는 명함은 지금 다니는 직장이나 다녔던 직장의 명함을 말하는 것이 아니다. 오롯이 나 자신을 표현하는 명함을 만들어보자는 것이다. 그러면 금방 이런 생각이 든다. 회사에서 직책 같은 게 아니면 대체 나를 뭐라고 표현해야 하지? 그런데 거기에 글(책)쓰기의 이유가 있다면?

참고로 나의 두 번째 명함에는 '비버'가 그려져 있다. 비버는 동물의 세계에서 최고의 건축가로 통한다. 이들이 강 하구에 집을 지으면 유속이 느려져 생태계 전체가 좀 더 풍성해진다고 한다. 내 명함의 비버 캐릭터는 나뭇가지 하나를 물고 있다. 나뭇가지는 내가 돕고자 하는, 글로 쓰고자 하는 브랜드를 의미한다. 내가 하는 일로 더 좋은 생태계가 만들어졌으면 하는 바람을 명함에 담은 것이다. 글을 쓰는 이유를 은유적으로 표현한 것이다.

당신은 은퇴 후 어떤 인생을 살고 싶은가. 그 결과는 과연 어떤 이미지로 표현될까. 이런 고민은 아마도 앞으로 쓰게 될 프로필을 장식할 것이다. 나는 'Small Brand Builder'라고 지었다. 컨설팅을 통해 작은 브랜드를 돕는다는 의미다.

글을 쓰고자 하는 당신은 누구인가? 당신이 만들 두 번째 명함에 들어갈 이름과 이미지는 무엇인가? 이것이 중요한 이유는 단순하다. 그 프로필을 보고 당신의 책을 살지 말지를 독자가 결정하기 때문이다.

나는 무슨 전문가인가? 나를 무슨 전문가로 정의할 것인가? 그것을 알 수 있을 때 왜 써야 하는지, 무엇을 써야 하는지를 결정할 수 있다.

나는 퇴사하고 나서야 두 번째 명함을 만들었지만, 이 책을 읽는 당신은 퇴사하기 전에, 은퇴하기 전에 꼭 나만의 명함을 만들었으면 좋겠다.

공부
정확하고 쉽게 쓰는 법

~~~

(1)

혹시 '가치'란 말의 뜻에 대해 생각해 본 적이 있는가. 나는 브랜드 공부를 하다가 이 단어를 만났다. 브랜드를 연구하는 한 방법으로 '가치 제안 캔버스'라는 툴도 많이 쓴다. 나는 도통 이 '가치'라는 말이 와 닿지 않았다. 그런데 사람들은 아무렇지도 않게 이 단어를 썼다. 그러다 사전을 찾아보고 나서야 이 말의 본뜻을 제대로 알게 됐다.

가치란 말의 기본적인 뜻은 '쓸모'다. '값어치' 혹은 '유용'이라는 단어와도 비슷하다. 그리고 가치는 인간의 욕구나 관심을 충족시키는 것이기도 하다. 이처럼 가치에 대해 꼬리에 꼬리를 물고 뜻을 탐색해보니, 그제야 브랜드가 사람들에게 사랑을 받고 관심을 받는 이유가 쓸모 이상의 욕구를 채워주기 때문이라는 사실을 이해할 수 있었다. 그런데 이처럼 본뜻을 모른채 습관적으로 쓰고 있는 단어가 어디 '가치' 뿐일까?

글을 쓸 때 핵심이 되는 단어를 두고 가장 밑바탕인 본질에서부터 따져 들어가는 것은 매우 신선한 글쓰기 방법이다. 이렇게 시작하는 글은 말하고자 하는 바의 개념을 잡고 시작하기 때문에 훨씬 더 큰 신뢰를 준다. 예를 들어 '브랜드'에 대한 글을 쓴다고 가정해보자. 먼저 어원부터 따져보자. 브랜드란 말은 상표라는 뜻도 있지만 좀 더 들어가 보면 동물에게 찍는 낙인을 의미한다. 내 것과 네 것을 구분하기 위한 차별화 도구다. 이렇게 꼬리에 꼬리를 물고 단어의 뜻을 깊이 묵상하다 보면 결국 브랜드란 남과 다른, 나다운 것을 찾아가는 과정임을 알게 된다. 그러고 나서 자연스럽게 하나의 브랜드로서 내가 다른 사람들에게 어떤 쓸모와 욕구를 채워줄 수 있는지를 고민하게 된다.

나는 좋은 글이란 사람들이 생각지도 못했던 새로운 관점으로 무언가를 이야기하는 것이라고 생각한다. 그러나 하늘 아래 새로운 것이란 없다. 여기서 새롭다는 말은 남다른 관점으로 사물과 대상을 바라본다는 의미이다. 남다른 시선은 어떻게 시작할까? '본질에 대한 천착'에서부터 시작한다. 두부가 처음에 어떤 이유와 방법으로 만들어졌는지 아는 사람만이 남다른 두부를 만들 수 있는 것과 같은 논리다.

글을 쓰기 전 사전을 찾아보자. 내가 말하고자 하는 핵심 단어의 뜻을 명확히 파악하자. 아주 좋은 시작이 될 것이라 확신한다.

(2)

혹시 이런 경험을 해본 적은 없는가? 몇 시간을 회의했음에도 불구하고 전혀 다른 결과물을 받아든 경험 말이다. 디자인의 경우라면 특히 더 그렇다. 아무리 말로 설명해도 정확한 그림이나 디자인 결과물을 한 번에 받기란 거의 불가능하다.

책도 크게 다르지 않다. '습관'이라는 주제에 대해 이야기한다고 가정해보자. 내가 아무리 정확하게 습관에 대해 잘 이야기했다 하더라도 이 주제를 받아들이는 사람은 각자 자신이 했던 경험에 맞춰 해석하고 이해할 가능성이 높다. 서로 갖고 있는 배경이 다르기 때문이다. 그래서 나는 하나의 주제로 글을 쓸 때마다 사전을 찾는 것과 동시에 이미지 검색을 한다.

여러분도 쓰고자 하는 키워드를 갖고서 구글링을 하거나, 펙셀즈나 핀터레스트 같은 이미지 사이트에서 검색을 해보자. 검색 결과를 보면 사람들이 이 단어에 대해 어떤 생각을 하고 있는지 유추할 수 있다. 예를 들어, 핀터레스트에 'habit'이란 단어를 넣어보면 어마어마하게 많은 체크리스트들이 뜬다. 이를 보게 되면 미국인들은 습관을 해야 할 일의 리스트로 생각한다는 사실을 알 수 있다. 그렇다면 네이버에서 검색해보면 어떨까. 압도적으로 책에 관한 이미지들이 많다. 이처럼 같은 주제라도 누구에게는 실천의 대상, 누구에게는 독서의 대상이 된다.

책은 글이라는 도구를 활용해 모르는 대상과 토론을 하는 과정이라고 볼 수 있다. 그런데 그 토론의 대상이 각각 다르다면 얼마나 난감하겠는가. 그러니 정확한 글쓰기를 위해서라도 종종 이미지 검색을 해보는 것이 중요하다. 이 말인즉슨, 내가 쓰는 단어에 대해 사람들은 어떤 '상'(Image)을 가지고 있는지 알아야 함을 뜻한다.

검색을 해보면 안다. 그동안 내가 갖고 있는 이미지와 사람들 생각과는 다르구나 혹은 같구나, 하는 사실을. 만약 다르다면 어떻게 다른지 생각해보고 내 글을 읽을 독자 입장에서 써야 한다. 이렇게 쓴 글에는 힘이 더 실릴 것이고, 독자들 또

한 더욱 생생한 독서 경험을 하게 될 것이다.

(3)

아주 오랫동안 사람들은 콜레스테롤 때문에 심장병이 발병한다고 믿었다. 콜레스테롤은 육류와 같이 포화지방이 많은 기름진 음식에 들어 있다. 그래서 사람들은 건강을 위해 식물성 지방을 찾기 시작했다. 그런데 공교롭게도 올리브유나 들기름 같은 식물성 기름은 산화가 빠르다. 한 마디로 빨리 상한다. 특히나 치킨처럼 튀겨서 먹을 경우, 몸속 콜레스테롤을 산화시켜 혈관에 축적된다. 이것이 누적되면 심장병의 원인이 된다.

비만의 원인은 무엇일까? 결국 따라가다 보면 인슐린과 같은 호르몬의 작용 때문임을 알게 된다. 가장 큰 원인 중 하나는 설탕이다. 설탕은 몸속에서 포도당과 과당으로 분해된다. 이 중 과당은 인슐린을 바로 자극하지 않고 몸속에 숨어 있다가 지방간으로 축적된다. 같은 포도당이라도 밥과 같은 탄수화물은 몸에서 즉각 에너지로 소비된다. 궁극적으로 비만의 가장 큰 원인은 기름진 음식도 아니고, 탄수화물도 아니다. 바로 달콤짭짤한 수많은 양념 속에 들어 있는 설탕 때문이다.

갑자기 웬 건강 상식? 이라고 궁금해할 것 같다. 쉽게 쓰는 글에 대해서 얘기하려고 한다. 위의 글은 한의원 원장님과 함께 '비만'에 관해 쓴 내용의 일부분이다. 처음부터 내가 한 번에 저런 글을 쓸 수는 없다. 수차례 원장님과 대화를 나누고, 별도의 건강 지식을 서치하고 그런 다음에야 쓸 수 있는 글이다. 그럼에도 글이 재미있거나 계속 읽고 싶거나 그러기에는 한계를 갖고 있다.

나는 여러 번의 인터뷰를 통해 기본적인 지식을 찾고 독서와 리서치를 통해 관련 지식을 쌓았다. 하지만 의사도, 한의사도 아닌 내가 우리 몸속 메커니즘을 제대로 안다는 것은 어려운 일이다. 글로 써보면 내가 얼마나 이해하고 있는지를 어느 정도 캐치하게 되지만, 다이어트를 직접 해보면 그 깊이는 달라진다. 아는 것과 실행한다는 것에는 더 큰 차이가 발생하기 때문이다.

쉽게 잘 읽히는 글을 쓰고 싶은가? 많이 공부하고 많이 경험해야 한다. 세상 모든 이치가 그렇듯 글쓰기도 마찬가지다. 쉬운 것을 쉽게 쓰는 것은 잘 쓰는 글이 아니다. 어렵고 복잡한 것을 한 번에 이해하도록 쓰는 글, 즉 어려운 내용을 쉽게 쓰는 것이 진짜 내공 있는 글쓰기다. 물론 여기에는 왕도가 없다. 오랫동안 고민하고 배우고 익히는(몸으로 경험하는) 수밖에 없다. 이 지점이 일상 경험의 일을 적는 에세이에서 전문 적인 글쓰기로 넘어가는 고갯길이다. 일기를 쓰는 개인에서 작가가 되어가는 과정이다.

혹시 몹시 어려운 내용인데 쉽게 술술 잘 읽히는 책을 찾 았다면, 나도 금방 따라 쓸 수 있다고 오해하지는 말자. 그 글 은 아주 오랜 공부 끝에 쓰였을 테니까 말이다.

브랜드
꾸준하게 쓰는 법

〜〜〜

(1)

당신이 회사를 그만두는 날은 언제일까. 100일 후일까. 1,000일 후일까. 일단 아무도 모른다고 가정을 해보자. 하지만 언젠가는 그날이 온다. 그렇다면 지금부터 D+Day를 기록해보는 것은 어떨까? 즉 오늘부터 1일째 기록을 남기는 것이다. 일기를 쓰라는 게 아니다. 오늘 하루 중 가장 인상 깊었던 일을 메모해보자는 것이다. 그냥 팩트만 적어도 된다. 나만 알 수 있는 메모 정도면 충분하다. 이런 식이다. "김기엽 이사, 고깃집 창업 준비 중, 스토리를 정리해달라 함, 글로벌 진출까지 고려."

글쓰기에 관심이 있거나 자신의 일, 업적에 자부심이 강한 분들은 은퇴를 한 후 글(책)을 쓰겠다는 말을 많이 한다. 내가 이분들에게 해주고 싶은 조언은 언젠가 다가올 그때를 기다리지 말고, 지금 당장 써보라는(기록하라는) 거다. 간단한 메모라도 좋다. 지금부터의 글쓰기는 글감 수집의 역할은 물론이고 꾸준히 글을 쓰는 엉덩이의 힘을 길러주는 역할도 한다.

막상 글(나아가 책)을 쓰려고 할 때면 가장 아쉬운 것이 기억력이다. 뭔가를 생생하게 써보려고 해도 무슨 일이 있었는지 구체적으로 기억나지 않아서 쓰기가 쉽지 않다. 그러나 이 정도의 메모라면 그날의 일이 분명히 떠오른다. 언제 어디서 무슨 일을 했는지 기억한다는 것은 글쓰기의 가장 큰 자산이다. 구체적인 기억이 없거나 구체적으로 말하기 어렵다면 글은 설득력을 잃어버리기 때문이다.

수첩이 됐든, 노트가 됐든, 스마트폰이 되었든 종군 기자가 된 기분으로 메모를 남기는 훈련을 해보자. 처음부터 200페이지짜리 책을 쓰는 일은 어렵다. 하지만 기록이라는 글쓰기 자산을 갖고 있는 사람은 '컨셉'만 명확하다면 남보다 쉽게 글을 쓸 수 있다.

차별화된 콘텐츠를 갖고 있어도 써내지 못한다면 아무런 소용이 없다. 잘 쓰는 것이 중요한 게 아니라 일단은 꾸준히 쓰는 것이 중요하다. 꾸준히 메모를 남기고, SNS를 하고, 블로그에 흔적을 남기는 것이 중요하다.

(2)

미디어 구독 서비스인 롱블랙으로부터 한 편의 글을 의뢰받았다. 롱블랙은 하루에 한 편, 비즈니스와 브랜드에 관한 글(노트)을 싣는다. 글은 매일 자정에 업로드 되고 유료 구독자에 한해서 딱 하루 동안만 읽을 수 있게 한다. 클릭해서 본 글에 대해서는 다시 보기가 가능하지만, 읽지 않고 넘어간 글에 대해서는 다시 볼 수 없다(샷 충전이라고 해서 추가 구독료를 지불하면 볼 수 있다). 유료 구독자라도 매일 방문하지 않으면 안 되는 것이 롱블랙의 모델이다.

신박한 아이디어다. 비슷한 성격의 미디어의 글을 여럿 구독해봤지만 처음 몇 번은 들락거리며 읽다가 시간이 지나면 자주 가지 않게 된다. 하루 날 잡아 읽으면 된다고 생각하기 때문이다. 하지만 '그런 날'은 오지 않는다. 급기야 돈만 내고 결국 이용하지 않다가 해지하기가 일쑤다. 하지만 롱블랙은 다르다. 매일 읽지 않으면 다시 볼 수 없고, 다시 보려면 추가 결제까지 해야 한다고 하니, 새로운 글이 발행되면 일단 클릭이라도 무조건 하고 본다. 그러면 제목이라도 보게 된다. 그런데 이게 습관이 되고 루틴이 된다.

습관이란 것이 참으로 무섭다. 매일 마시는 커피처럼 롱블랙 이름이 각인되고 그곳을 방문하지 않으면 뭔가 손해 보는 일이 생길 것 같은 기분이 든다. 물론 습관만으로 서비스가 유지되는 것은 아니다. 매일 놓치고 싶지 않을 정도로 퀄리티 좋은 글이 있어야 한다.

이곳이 아니면 읽을 수 없는 글, 그리고 그 글을 보기 위해 매일 방문하지 않으면 안 되는 곳. 이것이 브랜딩이 아니면 무얼까? 브랜딩은 잘 디자인된 로고에서 시작되는 것이 아니다. 브랜딩은 꾸준함에 시작된다. 매일 읽을 만한, 살 만한, 할 만한 가치가 있다고 생각될 때 브랜딩은 시작된다.

내가 글을 쓰기 시작한 것은 브랜딩 때문만은 아니었다. 꾸준히 쓰다 보니 사람들이 인지하기 시작했고 구독자가 생기며 자연스레 스스로를 브랜드로 인식하게 되었을 뿐이다. 그전까지만 해도 한 번도 그런 생각을 해본 적이 없다.

나는 사람들이 계속해서 나를 찾게 하고 내 글에 관심을 갖게 하고자 글마다 소위 '넘버링'을 한 적도 있다. 브런치에서는 '브런치북'이라고 해서 별도의 글 모음을 하는 기능도 있다. 그런 기능이 없는 페북에서는 번호를 붙였다. 하나의 글이 아니라 계속 연재되고 있다는 사실을 알리기 위함이었다.

연재는 꾸준함이고 일관성이다. 꾸준함은 신뢰로 연결된

다. 그냥 생각나서 한 번 써 본 글이 아니라는 믿음을 준다. 한 편의 글을 우연히 읽었다 해도 다른 글이 궁금해진다. 그렇게 스몰 스텝을, 스몰 브랜딩을 그리고 지금은 스몰 라이팅이라는 주제로 글을 쓰고 있다. 롱블랙과 방법만 다를 뿐 개념은 동일하다. 내 글을 독자들의 뇌리에 각인시키기 위함이다.

같은 일을 반복한다고 해서 모두가 달인이 되는 것은 아니다. 수십 년 동안 숟가락으로 밥을 먹었다고 해서 '숟가락의 달인'이라고 부르는 사람은 없다. 하지만 매 끼니 자신이 먹은 음식을 그림으로 남기는 사람은 다르다. '의미'를 가지기 때문이다. 꾸준함과 일관성이 의미를 만들어 주진 않는다. 의미에는 약간의 기획을 필요로 한다. 나는 그것이 나만 할 수 있는 이야기이며, 사람들이 듣고 싶어하는 이야기라고 생각한다.

롱블랙에 원고를 신고자 꼬박 2주를 시달렸다. 글이 올라가기 전날에도, 올라온 후에도 회사 대표와 편집자로부터 수시로 전화가 왔다. 메일이 오고 문자가 왔다. 글을 쓰는 내내 다시는 글을 투고하지 않으리라 다짐을 했다. 그러나 나는 지금도 롱블랙의 글을 매일 읽는다. 한 편의 글이 만들어지는 과정을 잘 알기 때문이다. 신뢰하기 때문이다. 브랜드가 되었기 때문이다.

3

2020년, 브랜드에 관한 21개의 글을 페이스북에 연재했다. 쉬운 주제는 아니었다. 그러나 불현듯 그렇게 쓰고 싶은 생각이 들었고, 결국은 해냈다. 이렇게 쓴 글을 그대로 브런치에 다시 연재했고 그해 '브런치북 특별상'을 받았다. 그리고 같은 내용으로 와디즈 펀딩도 했다. 1석 3조가 따로 없었다. 페이스북에 긴 글을 쓰면 사람들이 읽기 힘들어하지 않을까, 걱정도 했지만 기우에 불과했다.

페북에서 종종 자기 생각을 긴 글로 쓰는 분들을 만난다. 중요한 것은 내용이다. 그 내용이 도움되고 공감이 된다면 끝까지 읽는다. 그리고 좋아요를 누르고 댓글을 단다. 읽기 불편한 환경은 크게 부담되지 않는다. 매끈하게 인쇄된 책도 내 마음을 끌지 못하면 읽지 않을 때가 대부분이다. 하지만 좋은 글은 어디에 있든 읽힌다. 고민해야 할 것은 어떤 글을 쓰느냐이지, 어디에 쓰느냐의 문제는 아니다.

그렇다면 나는 왜 페이스북에 글을 쓴 것일까? 일단 눈에 보이는 마감에 쫓기기 위해서다. 페이스북은 SNS라는 특성이 있어, 글을 쓰다가 저장해두고, 다시 불러와 저장하는 것이 어색하다. 그래서 일단 쓰기 시작하면 그 자리에서 끝내고 빨리 사람들의 반응을 보고자 한다. 그리고 글 쓰는 공간이 너

무 짧지도 길지도 않아 호흡을 끊지 않고 글을 마무리 짓기에
도 좋다. 끝까지 쓰는 훈련을 하기에 더할 나위 없이 좋다.

많은 글쓰기 선배들은 짧은 글, 즉 단문 쓰기를 연습하라
고 조언한다. 의사 전달이 쉽고 문법 등의 실수를 줄일 수 있
기 때문이다. 요즘 독자들은 만연체의 글, 두꺼운 책을 싫어한
다. 그건 아마도 SNS에서 글을 보던 습성이 옮겨갔기 때문일
것이다.

내 글에 대한 독자의 반응을 알기에도 SNS는 더할 나위
없이 좋다. 라이크와 댓글 수만 봐도 이 글이 향후 어떤 반응
을 얻을지, 사람들이 좋아할 만한 글이 될지 가늠해볼 수 있
다. 아시다시피 독자의 반응은 꾸준하게 글을 쓸 수 있는 가
장 큰 원동력이다. 아무도 읽지 않고, 아무도 좋아요를 누르지
않는 상태에서 계속해서 쓰고 싶은 사람은 없다.

독자의 반응을 살피는 것은 작가로서 해야 할 말을 못 하
는 압박으로 작용하는 것 아니냐는 비판적인 시선도 있다. 하
지만 독자가 있어야 작가도 존재할 수 있다. 좀 더 넓은 시선
으로 보게 되면 내가 유명해져야(팔로워가 많아져야) 내 글은 브
랜드로서 힘을 발휘한다. 그러니 독자들이 좋아하는 글을 꾸
준히 써내는 것만큼 중요한 것은 없다. SNS는 바로 이러한 독
자가 좋아하는 글을 테스트해볼 수 있는 좋은 공간이다.

4

예전에는 책을 쓰고, 투고를 하고, 출간을 한 후 마케팅을 했다. 요즘은 시대가 변했다. 책을 내기 전 홍보가 필수다. 간단히 말해, 팬덤을 미리 만드는 것이다. 하지만 누구도 무명의 예비 작가에게 관심을 주진 않는다. 예상컨대 당신이 눈이 번쩍 뜨일 정도의 필력을 갖춘 사람이 아니라면 쳐다도 보지 않는다. 그래서 글만 써서는 안 되고, 홍보라는 것도 함께해야 한다.

일단 페이스북이나 인스타그램을 개설해보자. 그리고 광고를 집행한다. 글을 쓸 때마다 타겟을 정해 몇천 원이라도 광고를 한다. 내 글을 좋아할 만한 연령대와 키워드를 정해 홍보를 하는 것이다. 그러면 어떤 글에 사람들이 반응하는지를 금방 알게 된다. 그러면 집중적으로 그 주제에 관한 글을 쓰면 된다.

요새는 TV나 신문 잡지 광고를 보는 사람이 드물다. 신춘문예로 등단하는 작가 얘기는 들어본 기억조차도 가물가물하다. 하지만 네이버 파워 블로거나 인스타그램 인플루언서, 브런치를 통해 자신을 알리고 책을 내는 작가는 흔히 만날 수 있다. 작가가 책이나 신문 지면으로만 독자를 만나던 시대는 옛날 얘기고, 지금은 다양한 미디어를 통해서 독자가 작가를 찾는 시대다. 이를 반대로 생각하면, 내 팬을 만들고 나서 책을 내는 시대가 된 것으로도 볼 수 있다.

쪽 글 혹은 연재 글로 팬(독자)을 만들고, 이런저런 글로 반응을 보면서 내가 써야 할 주제를 찾고, 그렇게 해서 반응을 확인했다면 그때부터 독자와 함께 책을 쓰는 것이다. 책으로 쓸 글을 미리 SNS에 공개한다고 해서 하등 문제가 될 것은 없다. 편집 과정에서 다시 고쳐지고 메시지도 다시 정리되기 때문이다.

아마도 당신은 베스트셀러라고 해서 인기리에 팔리는 책 중에 '도대체 이런 책이 뭣 때문에 팔리는 거야?' 이렇게 한 번쯤 의문을 가진 책이 있을 것이다. 책마다 다르겠지만, 사실 독자들은 읽으려고 샀다기보다는 팬심에 구매했다고 보는 것이 더 맞을지도 모른다(물론 모든 책이 그렇다는 것은 아니다). 독자로부터 얻는 힘이 있어야 글도 쓸 수 있고, 책도 낼 수 있다. 독자가 존재하지 않는다면 내 책은 공허한 종이 뭉치에 불과하다. 그러니 독자(팬)를 만들고 책을 내자. 출판사도 그런 작가를 선호할 수밖에 없다. 아무도 말해 주지 않는 매우 현실적인 얘기다.

도구
글쓰기 감각 키우기

〰️

(1)

내겐 총 다섯 대의 노트북이 있다. 휴대용 12인치 맥북을 비롯해 맥북 프로, 맥북 에어, MS 서피스, 씽크패드 X1도 있다. 여기에 기계식 키보드, 맥용 키보드 2종, 휴대용 키보드도 서너 대 더 있다. 아이패드는 프로, 에어, 9세대, 미니까지 써보았고, 갤럭시 탭도 써보았다. 현재 가지고 있는 게 이 정도지 중고로 샀다가 판 제품은 수도 없이 많다. 아이패드 프로, 에어, 미니는 각각 두 번을 샀다가 다시 팔았다. 그리고 노션, 베어, 에버노트, 율리시스, 스크리브너 같은 글쓰기 프로그램을 비롯해 국내외의 마인드맵 프로그램도 종류대로 다 써보았다.

알고 있다. 부질없는 짓임을 안다. 좋은 도구를 가졌다고 해서 좋은 글을 쓸 수 있다면 얼마나 좋겠는가. 언젠가 최고의 음악 평론가 중 한 사람이 손바닥만 한 라디오 하나로 음악을 듣는다는 글을 읽었을 때는 자괴감이 몰려왔다. 솜씨 없는 사람이 연장탓을 한다. 몸매가 좋은 사람은 유행 지난 옷을 입어도 멋있어 보이지 않는가. 그러면서도 나는 글 쓸 시간에 프리스비를, 애플 스토어를, 강남역에 있는 삼성 딜라이트샵을 들락거린다. 좋은 도구가 주는 이상한 부심 때문이다. 그저 보기만 해도 오늘 글이 잘 써질 것 같은 행복감 말이다. 그래서 죄책감을 느끼면서도 또 새로운 키보드를, 노트북을, 아이패드를 찾는다.

글을 쓸 수밖에 없는 환경에 스스로를 가두는 일도 때로는 필요하지만 또 다른 방법은 내가 좋아하는 것과 글쓰기를 연결하는 것이다. 과하다 싶을 정도로 노트북과 키보드를 사 모으는 이유도, 잘 쓰지도 않을 거면서 만년필과 몰스킨을 사랑하는 이유도 이 때문이다. 글쓰기 직전까지의 괴로움을 상쇄할 나만의 의식을 만들기 위해서다. 조각난 생각의 파편을 모으기까지는 시간이 필요하다. 마치 마중물을 넣어야 우물물을 퍼올릴 수 있는 것과 같다. 글 쓰는 것 외의 모든 것들을 내가 좋아하는 것들로 채워보자. 혹시 또 아는가. 툭 하고 좋은 문장 하나가 튀어나올지. 그다음은 일사천리다. 나오는 대로 쓰기만 하면 된다. 마치 오랫동안 그래 왔다는 듯이 슬쩍 미소를 지으면서 말이다.

언젠가 이전 직장의 대표가 이런 말을 했었다. 중요한 계약을 할 때는 몽블랑 펜을 써야만 한다고. 어떤 성공한 지인은 자신의 페이스북에 롤렉스 사진을 올렸다. 자신을 위한 작은(?) 선물이라고. 열심히 일 잘하던 후배는 어려운 프로젝트를 마치고 몰디브 여행을 갔다. 다시는 돌아오지 않을 것처럼 열심히 놀다 오겠노라고.

글을 잘 쓰고 싶은가. 좋은 노트북을 사라. 기계식 키보드를 한번 두드려 보라. 아이패드로 자료를 읽으며 애플 펜슬로 메모를 해보라. 효율의 문제가 아니다. 기분의 문제다. 당신의 글 쓰는 시간은 행복해야만 한다. 사람은 그런 존재다. 환경이 성과를 만든다. 글을 쓰는 도구를, 시간을, 공간을 사랑하기 위해 아주 가끔은 겉멋 든 예술가가 되자. 그렇게라도 해서 한 편의 좋은 글을 쓸 수 있다면 그게 어딘가. 이 모든 게 글쓰기가 어렵기 때문이다. 피하고 싶기 때문이다. 그러나 기어이 써내야만 한다. 그런 인고의 시간을 견디기 위해서라면 이 정도의 낭비와 사치는 눈 감아 주자. 그렇게 큰돈이 드는 일도 아니지 않은가.

글 쓰는 툴은 워드나 아래아한글이 전부인 줄 아는 시절이 있었다. 하지만 지금은 이 두 프로그램을 거의 쓰지 않는다. 모든 글을 다 완성한 후 원고를 보낼 때가 되어서야 비로소 워드 작업을 시작한다. 물론 짧은 글을 쓸 때는 어떤 프로그램이건 큰 상관이 없다. 문제는 책이나 긴 글을 쓸 때다.

일필휘지로 한 편의 글을 완성하는 천재나 달인이 아니라면, 우리가 가장 많이 하는 작업은 썼다가 지우고 위치를 옮기는 것이다. 어제 썼던 글을 이어 쓰려면 좋든 싫든 앞의 글을 다시 읽어야 한다. 그래야 그 흐름을 이어갈 수 있다. 그러다 보면 매끄럽지 않은 구성이 눈에 띄기 마련이고, 그때는 이 단락 저 단락을 오가며 위치를 바꿔야 한다. 이 때 워드 프로그램을 쓰는 것은 거의 미친 짓에 가깝다. 많게는 수백 페이지 가까운 글을 한눈에 보기란 사실상 불가능하다. 화면을 스크롤 하다가 하루가 다 간다. 이 단락을 카피해서 다른 곳으로 옮기다가 길을 잃고 헤매기도 한다. 이때 필요한 것이 바로 스크리브너 같은 프로그램이다.

스크리브너의 화면 구성은 일반적인 책의 목차 구성과 유사하다. 스크롤 없이 자유롭게 글 덩어리(단락) 사이를 왕래하면서 구성을 바꿀 수 있다. 한 편의 짧은 칼럼이 아닌 책과 같이 긴 글을 쓸 때는 자유로운 글의 이동이 필수적이다. 스크리브너는 이런 작업을 할 때 가장 훌륭한 도구다. 나는 지금까지 출간한 책을 포함해, 의뢰받은 다른 회사의 글 작업 모두를 이 프로그램을 사용해 써왔다. 예를 들어 1부 2장의 글을 3부 4장으로 옮기거나, 5부 2장의 글을 2부 3장으로 옮길 일이 있다고 가정해보자. 워드 프로그램을 사용한다면 수차례 스크롤한 후 복사하기와 붙여 넣기를 반복해야 한다. 모니터가 크거나 듀얼 모니터를 쓴다면 화면을 분할해 오갈 수도 있다. 하지만 이 작업도 원하는 단락을 찾기가 불편하다는 점에서는 크게 편하지 않다. 하지만 스크리브너는 드래그 앤 드롭만으로 한 번에 이 작업을 끝낼 수 있다.

스크리브너의 장점은 여기서 끝나지 않는다. 나는 한 권의 책을 쓰는 데 필요한 자료를 모두 이 곳에 저장해 둔다(드래프트 기능). 그리고 한 번 지웠던 글도 휴지통에 보관되기 때문에 언제든 다시 소환할 수 있다. 코르크 모드로 변환하면 수십, 수백 개의 메모를 모아서 볼 수도 있다. 그중에서도 내가 가장 좋아하는 기능은 바로 '합성 모드 입력하기'다.

글을 쓰다 보면 화면 위의 다른 웹페이지나 프로그램으로 방해받는 경우가 적지 않다. 이때 이 기능을 사용하면 드넓은 모니터에 글쓰기 페이지만 덩그러니 띄우게 된다. 다른 데 신경 쓰지 말고 글만 쓰라는 의미다. 내가 브런치를 좋아하는 이유도 글 쓰는 화면에 군더더기가 없기 때문이다. 온갖 메뉴로 띄워놓은 화면을 보면 글을 쓰고 싶은 마음이 곧잘 사라진다. 하지만 스크리브너의 합성 모드에서는 오직 글쓰기에만 집중할 수 있다. 마치 헤드셋이나 이어폰의 노이즈 캔슬링 기능처럼 말이다.

도구가 글을 대신 써주진 않는다. 하지만 글 쓰는 이의 디테일한 불편을 이해하는 에디팅 프로그램을 만나면 그렇게 반가울 수 없다. 그래서 글쓰기에 관한 한 투자를 아끼지 않는다. 그래 봐야 키보드나 모니터, 프로그램 같은 소소한 씀씀이에 불과하지만 누군가는 옷을 수집하고 차를 바꿀 때 나는 세상의 수많은 글쓰기 프로그램을 직접 사서 써보곤 한다. 그리고 글쓰기 툴 중의 끝판 왕이 스크리브너라고 생각한다. 실제로 이 프로그램은 미국의 작가들이 가장 많이 애용하는 프로그램이기도 하다.

정말로 세상에 없던 글을 새로 쓸 때는 '마인드맵'을 활용하는 것도 좋은 방법이다. 아이패드용 마인드맵을 꺼내 생각나는 단어들을 꼬리에 꼬리를 물고 적어나간다. 사람은 목차처럼 순서대로 생각을 이어나가지 않는다. 사방팔방으로 뻗어나가며 사고를 한다. 실제로 인간의 뇌 세포의 구조도 이같은 모양으로 되어 있다. 이러한 사고의 과정을 보여주는 노래가 "원숭이 엉덩이는 빨개~"로 시작하는 노래다. 원숭이의 빨간 엉덩이는 사과를 연상시킨다. 사과는 맛있는 바나나로 생각이 이어지고, 바나나는 긴 열차로 다시 이어진다. 만약 워드 프로그램에서 이렇게 생각을 이어간다면 중구난방의 글이 된다. 하지만 마인드맵에서는 새로운 생각, 뜻밖의 발견, 차별화된 시각을 가진 글로 이어진다. 이렇게 확장된 생각은 고스란히 좋은 글감이 된다. 마치 장작을 쪼개듯 생각의 확장을 가능하도록 하는 프로그램이 다름 아닌 '마인드맵'이다.

스크리브너나 마인드맵을 쓰다 보면 한 가지 커다란 위안을 얻을 수 있다. 한 번에 글을 써야 한다는 압박감에서 벗어날 수 있다는 것이다. 괴발개발 생각을 흩뿌려놓고 그 생각이 정리될 때까지 시간을 벌 수 있다는 장점도 있다. 처음부터 논리적인 구조로 완벽하게 글을 써내는 사람은 세상에 없다. 헤밍웨이 역시 초고는 쓰레기라고 했을 정도인데 더 말해 무엇하겠는가.

앉은 자리에서 한 편의 글을 완성하겠다는 욕심을 버려야만 한다. 남의 글을 인용하거나 이를 참고삼아 내 글을 쓰고 싶은 유혹이 들 때면 그 글을 낱낱이 쪼개볼 필요가 있다. 그러면 비로소 글의 구조가 눈에 들어오기 시작한다. 그런 다음,

그 글을 당신만의 방식으로 재조립하고 틈틈이 자신이 찾은 정보나 생각을 그 사이에 끼워 넣어 보자. 이때 스크리브너나 마인드맵을 이용한다. 누구도 이러한 작업을 표절이라고 욕하진 않는다. 하늘 아래 새로운 글은 없다. 내가 했던 생각을 수천 년 전 누군가도 했다는 사실을 우리는 기억할 필요가 있다.

진짜 글쓰기 능력은 일필휘지로 글을 풀어내는 신기한 능력이 아니다. 씨줄과 날줄을 엮어 비단을 만들어내듯, 정보와 생각의 촘촘한 조합을 거쳐야 한 편의 좋은 글이 탄생한다. 만약 이를 귀찮게 여긴다면 좋은 글쓰기는 요원하다. 그리고 이 작업을 즐길 수만 있다면, 당신은 기어이 당신만이 쓸 수 있는 유니크한 글의 세계로 입문할 수 있다. 당신의 글쓰기에 건투를 빈다.

리추얼
글쓰기의 어려움 극복하기

~~~

(1)

새벽 5시다. 지각이다. 일어나자마자 커피포트에 물을 올린다. 거칠고 투박한 이 소리가 나는 좋다. 마치 정신이 깨어나는 소리 같다. 뜨거운 물에 적당히 찬물을 섞어 책상 위에 가져다 둔다. 그리고 모니터를 깨운다. 이어서 커서가 깜빡이는 화면을 띄운다. 요즘은 스레드에 푹 빠져있다. 매일 쓰는 글은 워드나 스크리브너 같은 글쓰기 프로그램을 이용하지 않는다. 쓰자마자 바로 '게시'를 클릭할 수 있는 SNS를 이용한다. 바로 쓰고 바로 올리는 긴장감을 즐긴다. 마치 배수의 진을 치듯 새벽잠에 취한 나를 글쓰기로 몰아세운다. 따로 퇴고도 하지 않는다. 총알이 난무하는 전쟁터 한가운데 선 병사가 된 기분으로 글을 쓴다. 어떤 미화도 없는 진실 그대로의 글이다.

애플의 매직 키보드 2를 선택한다. 글쓰기는 손끝에서 시작된다. 너무 깊지 않지만 그렇다고 너무 무르지도 않은 키보드의 타건감이 좋다. 숫자 키가 없는 텐키리스를 고집하는 이유는 휴대성 때문이다. 한 번 손에 익은 키보드는 언제 어디서든 나와 함께 한다. 사무라이가 작고 긴 칼을 항상 차고 다니는 것처럼. 그렇지만 더 좋은 키보드가 없는지 항상 살핀다. 주로 타건감이 좋은 기계식 키보드 그리고 휴대성이 좋은 키보드를 찾는 편이다.

글감이 떠오르지 않을 때는 무라카미 하루키나 스티븐 킹의 글을 읽는다. 딱히 글쓰기에 관한 특별한 노하우를 배울 수 있어서는 아니다. 분위기 전환용이다. 두 사람의 글은 자기만의 색깔이 있다. 스타일이 있고 분위기가 있다. 하루키는 맥주처럼 첫 두 모금이 좋은 글을 쓴다. 하지만 속절없이 판타지로 흐르는 뒷부분은 개인적으로 사양이다. 스티븐 킹의 글은 전혀 다른 세상의 한복판으로 나를 데려간다. 묘하게 끌어올려 지는 긴장감이 있다. 그래서 이 두 작가의 글은 애피타이저와 같다. 뭔가 글을 쓰고 싶다는 필욕을 불러일으킨다.

글쓰기는 고된 작업이다. 그럴수록 선물이 필요하다. 그

것은 시간일 수도 있고 공간일 수도 있다. 손끝에서 느껴지는 쫀득하고 경쾌한 키보드의 타건감일 수도 있고, 가기만 해도 마음이 편해지는 카페일 수도 있다. 그도 아니면 누군가가 쓴 매력적인 문장일 수도 있다. 이런 환경 설정은 일부러 계획되지 않는다. 자연스럽게 만들어진다.

뭔가 한 가지에 홀릭한 사람들은 그들만의 리추얼이 있다. 야구 선수의 루틴처럼, 골프 선수의 마인드 컨트롤처럼. 나에게 새벽 시간과 키보드, 커피 한 잔과 매력적인 문장은 가장 나다운 글을 쓰기 위한 일종의 마중물이다.

어느새 6시가 되었다. 새벽의 마법이 풀리기 전에 글을 마무리 지어야겠다. 12시의 종이 울려 마차가 호박으로 바뀌기 전, 어서 오늘의 글을 발행해보아야겠다.

(2)

볕 잘 드는 카페에서 노트북을 연다. 원목으로 된 테이블을 쓰다듬으며 온기를 느낀다. 그리고는 책 한 권을 꺼내 옆에 놓는다. 센스 넘치는 카페 주인의 선곡에 감사하며, 키보드 위에 손을 올린다. 딱히 무슨 글을 쓰지 않아도 좋다. 여유롭게 창밖을 응시하지만 굳이 초점을 맞추진 않는다. 시간과 장소, 날씨에 따라 다른 커피를 주문한다. 컨디션이 좋은 날은 아이스 커피, 평범한 날은 따뜻한 아메리카노다. 특별히 기분 좋은 날은 아인슈페너를 마신다.

짧지만 세상을 살아오며 한 가지를 배웠다. 그건 아주 사소한 것들로부터 얻을 수 있는 행복이다. 연애 시절 아내는 페레로로쉐 초콜릿를 좋아했다. 지금도 종종 긴 미팅을 마치고 돌아가는 길이면 편의점에 들려 초콜릿을 산다. 세 개짜리 페레로로쉐 포장을 뜯다 보면 어느새 집에 도착한다. 20여 년 전, 나는 서울에서 직장을 다니고 있었다. 아내는 부산의 제약 회사에 다녔다. 주말이면 예외 없이 비행기 표나 기차표를 예매했다. 그리고 내려가는 내내 아내의 얼굴부터 발끝까지를 속속들이 떠올렸다. 그중에서 하늘색 원피스가 지금까지도 눈에 선하다. 어딘가 멀리 떠날 때면 카페라떼와 씨네21을 샀다. 명절 귀향길이면 영화 잡지는 두 배로 두꺼워졌다. 행복도 두 배가 되었다. 지금도 조금 우울한 날이면 라떼를 마시고 영화 잡지를 읽는다. 그것도 아니면 영화 관련 유튜브를 본다. 때로는 만년필을 꺼내 몰스킨에 낙서를 하기도 한다. 서걱거리는 느낌이 좋아 끄적이지만 딱히 글을 쓰는 것은 아니다. 그래도 기분은 좋다. 다 나를 세뇌하는 작업이다.

글쓰는 일은 언제나 고역이다. 쓰고 싶은 글을 써도 괴로운 일인데 써야만 하는 글이라면 더욱 그렇다. 그럴 때면 좋은 것들과 글쓰기를 연결한다. 익숙한 카페에 가고, 늘 마시던 커피를 시킨다. 그리고 창가 쪽 자리에 앉는다. 좋아하는 노트북의 전원을 켜고, 키보드에 손을 올리고 촉감을 느낀다. 애국가를 타이핑하고 마우스를 클릭한다. 부드럽게 딸깍거리는 클릭감을 사랑한다. 그러다 보면 어느새 나는 뭔가를 쓰고 있다. 명문은 아니더라도 뭔가를 써내고 있다. 그런 내가 한없이 뿌듯해진다.

이것이 일종의 리추얼이라는 것을 나는 안다. 느릿느릿 책상 위에 앉는 과정은, 노트북을 열고 로그인을 하는 순간은, 키보드를 세팅하고 폴더를 정리하는 의식은, 지난한 글쓰기의 과정을 견디기 위한 마지막 몸부림이라는 사실을. 마치 타석에 들어선 타자가 배트를 세 번 휘두르거나, 바닥에 글씨를 쓰거나, 헬멧 끝을 두 번 만져야만 하는 것과 다르지 않다.

종교마다 예배의 시작과 끝을 알리는 순서가 있듯이 이 모든 사치에는 이유가 있다. 도구가 좋다고 좋은 글이 나오지 않지만, 도구라도 좋아야 글 쓰는 고통도 참을 수 있다. 적어도 나만은 이러한 생각을 믿어 의심치 않는다. 내가 행복해야 행복한 글이 나온다. 독자들은 기가 막히게 그 행복을 알아본다. 지식이나 정보를 전하는 글이 아니라면 더더욱 그렇다.

함께
글쓰기가 즐거워지는 법

(1)

'황홀한 글감옥'이라는 이름의 글쓰기 모임이 있다. 매일 한 편 이상의 글을 함께 쓰는 단톡방 이름이다. 이 방의 룰은 단순하다. 3주간 매일 글을 쓰고 이를 단톡방으로 공유한다. 참가비로 만 원을 낸다. 그리고 3주 후에 쓴 일수만큼 환급을 받는다. 글을 하루라도 쓰지 않으면 참가비에서 차감된다. 그 금액은 완주한 사람의 상금으로 지급된다. 이런 룰로 서른 번 이상을 진행했다. (지금은 중단되었다. 조만간 다시 새로운 시즌2를 이어갈 생각이다.)

글쓰기에 문법이 있다고 생각하지는 않는다. 오히려 아이들이 걷기를 배우는 것처럼, 자전거를 배우고 수영을 배우는 것처럼, 맨몸으로 도전하는 것이 글쓰기이다. 글쓰기의 감각이 몸에 새겨져 습관이 되면 그때부터는 변주도 가능하다. 문제는 거기까지 도달하는 시간이다.

걸음마를 배우는 아이들은 부모가, 가족들이 기다려주고 응원해준다. 걷지 못한다고 해서 나무라지 않는다. 끝없는 격려와 인내로 아이들을 응원한다. 함께 글을 쓰는 모임이 필요한 이유도 이 때문이다. 평가하고 딴지 거는 환경 속에서는 제아무리 헤밍웨이라도 좋은 글을 쓰기가 힘들다. 하지만 반대로 서로 응원하고 격려하는 분위기에서는 못 쓰는 글도 술술 나온다. 글쓰기 모임이 우리에게 필요한 이유다.

'황홀한 글감옥'에서는 아무리 짧은 글을 써도, 말이 안 되는 글을 남겨도 뭐라 하는 사람이 없다. 매일 올라오는 글을 보다 보면, 나도 쓰고 싶다는 생각이 든다. 잘 쓴 글을 보면 나도 잘 쓰고 싶다는 욕구가 불끈 일어난다. 내가 쓴 글에 댓글이라도 달리는 날엔 날아갈 듯 기쁘기도 하다. 더 좋은 글을 쓸 수 있다는 자신감도 함께 샘솟는다.

나다운 글을 인정해줄 사람들과 커뮤니티를 찾아야 한다. 사막에는 물이 필요하고, 북극엔 불이 필요한 법이다. 내 글을 읽어줄 독자를 찾아야 한다. 제대로 된 평가는 거기서부터다.

그들과 함께 울고 웃으며 생각을 교환하고, 지식을 공유하며, 경험을 향유해보라. 함께 글을 써야 하는 이유가 바로 그곳에 있다.

(2)

브랜드 전문지에서 에디터로 일할 때 얘기를 잠깐 해보자. 그때의 일하는 방식은 다음과 같았다. 우선 편집장과의 미팅을 통해 큰 주제를 잡는다. 브랜드 런칭, 스마트 브랜드, 온라인 브랜딩, 휴먼 브랜드 등. 매거진의 성격상 주인공은 언제나 브랜드였다. 이렇게 주제가 정해지면 에디터들은 그에 맞는 기업과 브랜드를 찾는다. 신문 기사와 책은 기본이고 지인 찬스에 해외 언론 등도 살펴보면서 미친 듯이 관련 정보와 이야기를 찾아다닌다. 그런 후에 다시 편집장 미팅을 한다. 이때 에디터는 왜 자신의 소재가 매력적인지 편집장과 다른 에디터들을 앞에 두고 설득을 한다. 설득 과정에서 믿었던 꼭지들이 잘려나가면 그 아픔은 상상 외로 크다. 자신이 가져간 소재에 대한 미련과 새로운 브랜드를 찾아야 한다는 부담감이 교차할 수밖에 없다. 그래서 매번 미팅이 치열하다. 설사 소재가 정해졌다 하더라도 마음을 놓을 순 없다. 집필에 들어갔다 되돌아오는 일도 있기 때문이다.

본격적으로 글을 쓰기 시작하면 긴장감은 극에 달한다. 대형 교회 수련원에 들어가 일주일씩 문을 걸어 잠그고 글만 썼던 적도 있다. 그렇게 어려운 과정 끝에 나온 글은 다시 에디터들 사이에서 치열한 평가를 받는다. 이때는 편집장이 오케이 했던 글이라도 잘리는 일이 다반사다. 냉정했고 냉혹했다. 그곳에서 나는 공황장애까지 겪을 정도로 극도의 스트레스에 시달렸다.

회사를 그만두고, 조금은 자유로운 공간에서의 글쓰기 모임을 시작했다. 모임이 끝나면, 평소처럼 근처 식당에서 다같이 식사를 했다. 똠얌꿍과 팟타이와 쌀국수를 먹었다. 뜨끈한 국물은 피드백의 농도를 조절할 여유를 주었다. 이 글쓰기 모임의 이름은 '쓰닮쓰담'이다('황홀한 글감옥'은 단톡방 중심의 온라인 글쓰기 모임이고, '쓰닮쓰담'은 오프라인 글쓰기 모임이다). 쓰고 닮아가며, 쓰고 담아 간다는 의미를 갖고 있다.

원래는 서로를 쓰다듬자는 의미였다. 글쓰기가 치유와 위로의 촉매제가 되길 바라는 마음으로 지었다. 근데 바람만은 아니었다. 실제로 모임 중간 울음이 터지는 참여자들이 있었다. 자신의 내면을 찾아 나서는 글쓰기 여정은 어쩔 수 없이 아프고 힘든 과거를 소환한다. 나에 대하여, 나의 콤플렉스에 대하여 그리고 나는 누구고 어떻게 살아왔으며 앞으로 또 어떻게 살아갈 것인지. 이런 주제의 글에는 언제나 따뜻한 평가와 위로와 지지들이 뒤따랐다.

글 쓰기를 어려워하는 이유 중 하나가 평가에 대한 두려움 때문이다. 피드백이라는 이름으로, 합평이라는 이름으로, 글쓰기 뒤에는 어쩔 수 없는 평가가 뒤따르기 마련이다. 직장 생활에서의 글쓰기는 더더욱 그렇다. 유쾌한 피드백을 경험해 보기는 어렵다.

점수로, 칭찬으로, 비난으로, 꾸지람으로 다가오는 후폭풍을 즐길 수 있는 사람은 그렇게 많지 않다. 이런 경험이 누적되면, 많은 이들은 글쓰기를 포기한다. 하지만 혼자만의 자위로 끝나는 글은 진짜 글이라 보기 어렵다. 자신 안에 머무는 글쓰기만으로는 더 큰 성장이 불가능하다. 글은 공개되어야 하고, 불특정 다수로부터 칭찬과 격려 그리고 비평과 평가에도 익숙해져야 한다. 이때의 피드백은 바로 '나다운' 글쓰기의 나침반 역할을 한다.

한동안 글쓰기에 관한 글을 브런치에 연재했다. 채 1년이 되지 않는 기간 동안 무려 100여 편에 가까운 글을 올렸다(나는 온라인에서 쓰는 글을 그리 길게 쓰지 않는다). 책을 내기 위한 목적으로 쓰는 글이긴 했지만, 가장 큰 목적은 읽는 분들의 평가 때문이었다. 애써 쓰는 이 글이 사람들의 가려운 곳을 긁어줄 수 있는지, 사람들의 필요와 욕망에 부합하는 글인지 쓰면서 반응을 보면서 고민했다.

우리 모두에겐 따뜻하고 유쾌한 피드백 선생이 필요하다. 소설가 김영하는 새로운 소설이 나오면 가장 믿을 수 있는 친구에게 자신의 글을 전화로 읽어주었다고 한다. 왜 전화였을까. 왜 직접 찾아가 읽어주거나 원고를 보내는 약간의 수고를 마다했을까. 어쩌면 그 과정이 두려웠던 것은 아닐까? 우리에게는 단 한 사람이라도 좋으니 유쾌한 피드백 선생이 필요하다. 내가 믿을 수 있고, 나를 이해해주는, 어떤 글이라도 믿고 맡길 수 있는 그 한 사람.

함께 할 때 자신감이 생긴다. 나의 치부를 알고 있고 이해해줄 수 있는 글 벗이 함께 할 때, 알몸으로도 그 앞에 설 수 있다.

(3)

종종 강의 의뢰를 받는다. 같은 주제면 부담이 덜한데 가끔은 조금 다른 주제의 강연 요청을 받을 때가 있다.

대상이 달라지면 당연히 내용도 달라져야 한다. 하지만 사람 마음이란 게 꼭 그렇지가 않다. 이왕이면 '리바이벌하고' 싶다. 마치 그 옛날 대학 교수님의 닳고 닳은 노트처럼 말이다. 그럼에도 다른 주제로 강연 PPT 하나씩을 완성하는 일은 괜찮은 무기 하나를 새롭게 장착하는 것과도 같다. 당장은 괴롭고 귀찮은 일이지만 새로운 콘텐츠를 만드는 기회가 된다.

어느 순간부터는 이런 부담을 즐기게 됐다. 그래서 일을 자초할 때도 있었다. 500여 명이 모인 '스몰 스텝' 단톡방에서의 특강이 그랬다. 일단 글쓰기나 브랜딩에 관한 주제로 광고를 하고 모객부터 하고 본다. 그리고 한 사람, 두 사람 신청자가 늘수록 마감에 쫓기듯 기존의 강의안을 재정리하고 새로운 콘텐츠를 만든다. 억지로라도 콘텐츠를 만들어야 하는 환경에 나를 밀어 넣는 것이다. 해야 하는 환경에 던져지면, 일말의 양심이 새로운 무언가를 생각하게 하고 기록하도록 만든다. 그렇게 콘텐츠는 업그레이드된다.

글쓰기도 마찬가지다. 글을 쓰기 가장 힘든 순간은 노트북에 뭔가를 타이핑하기 직전이다. 이른바 커서의 깜빡임이 시작되는 순간이다. 하지만 반드시 써야만 하는 환경에 스스로를 몰아넣으면 어느덧 커서는 사라지고 빼곡하게 타이핑된 텍스트만 보이기 시작한다. 정수기에 물을 받듯 내 마음속에서 솟아난 글을 모니터에 담아내는 것이다.

글쓰기는 공부와 닮았다. 소수의 사람을 제외하고는 즐겁게 하기 힘든 일이다. 대부분은 강제로 의무감을 가지고 쓴다.

누군가가 시켜서, 안 하면 안 되니까, 입금되었으니까, 마감이 다가오니까.

소설 『위대한 개츠비』의 작가 스콧 피츠제럴드도 와이프의 낭비벽 때문에 평생 빚을 갚느라 글을 썼다. 대문호와 비할 바는 아니지만, 우리의 글쓰기도 이와 다르지 않다. 글을 써야만 하는 환경이 주어지지 않으면 우리는 쓰지 않는다. 그걸 아니까 스스로를 글쓰기 감옥에 집어넣는다. 글쓰기 천재가 아닌 이상 동안거에 들어가는 스님처럼 방문을 걸어잠그라 말해야 한다.

하지만 여기에 반전이 하나 있다. 그렇게 귀찮던 산책도 현관문을 나서면 이렇게 좋은 날씨에 방에만 틀어박혀 있었구나, 이 좋은 경치를 흘려버릴 뻔 했구나, 하는 깨달음처럼 글쓰기도 일단 자신을 밀어넣고 나면 처음에는 힘이 들지만, 곧 생각이 바뀌고 기분이 전환되면서 반드시 쓸거리들이 등장한다. 마치 큰 바위를 굴리는 것과 같다. 처음에는 힘들지만 갈수록 미는 힘이 생기고, 어느 순간 드르륵하고 바위가 저만치 옮겨진다. 그러다 한 페이지를 빼곡히 채운 나의 문장을 만나게 된다.

글을 쓰고 싶다면 스스로를 감옥에 보낼 각오를 해야 한다. 그냥 글감옥이 아니라 '황홀한' 글감옥이다. 그리고 누군가에게 글을 쓰겠다고 선포를 하라. 혹 돈을 주겠다는 회사가 있다면 냉큼 받아도 된다. 그런 다음 글 쓰는 것 말고는 아무것도 할 게 없는 골방에 스스로를 밀어 넣으라. 하다못해 하나의 글을 쓰고 나면 맛있는 아이스크림을 먹겠다는 다짐이라도 하라.

세상에서 가장 자연스러운 사진은 수없이 많은 인위적인 포즈를 취한 끝에야 나온다(이 이상한 진리를 나는 30년 전 웨딩 사진을 찍으며 깨달았다). 스스로를 불편케 하라. 글을 쓰지 않으면 안되는 환경에 스스로를 가둬 넣으라. 당신이 펜만 잡으면 글을 쓰는 기계나 천재가 아니라면 말이다.

(4)

아들은 사수생이다. 기타를 친다. 실용음악 전공이 목표다. 오후 늦게 일어나 학원을 간다. 온종일 연습실에 틀어박혀 있다가 밤 11시쯤 느지막이 집에 들어와 저녁을 먹는다. 그리고 또 새벽까지 유튜브를 보며 예술혼을 태운다. 새벽녘에 정확히 뭘 하는지는 알 수 없다. 간간이 학원 연주회를 찾아가서야 아들이 놀고 있진 않구나, 생각할 뿐이다. 그런 어느 날 아들이 새로운 선생님을 찾았다고 했다. 더 정확히는 줌으로 기타 연수를 받는다고 했다. 문제는 아들의 온라인 스승이 뉴욕의 뮤지션이라는 것이다. 매일 유튜브를 보다가 만난 기타리스트라고 했다. 어렵사리 의사소통을 하며 연주를 배우고 있다고 했다. 세상의 온갖 기타 연주를 다 들어보았을 아들이 감탄할 정도면 상당한 실력의 소유자임은 분명한 것 같다. 생각지 못한 학습법이었다. 바다 건너 미국 선생님에게 직접 사사를 받다니. 아들을 다시 보았다. 그래서 영어 공부가 필요하다는 아들에게 홀린 듯 학원비를 내어 주었다.

모두의연구소 김승일 소장을 만난 적이 있다. AI 교육 기관으로 유명한 곳이다. 그런데 이곳은 따로 교수나 강사 없이 어려운 공부를 한다. 이때 쓰는 교육 방법이 '거꾸로 수업' 방식이다. 하나의 연구 주제를 두고 토론을 통해 학습한다. 모르는 내용은 서로 묻고 답하며 해결책을 찾는다. 누군가의 가르침 없이 참여자들끼리 주도적인 학습으로 인공지능을 공부하고 있다. 이게 가능할까 싶은데 벌써 여러 개의 캠퍼스가 생겼다. 게다가 최근에는 수십 억원에 달하는 투자도 받았다.

나는 묘하게도 이 두가지 장면이 비슷하다고 생각했다. "간절함이 방법을 찾는다" "함께라면 더욱 좋다". 한국의 재수생과 뉴욕의 뮤지션이 하나의 주제를 두고 토론을 한다. 합주를 한다. 생판 모르는 사람들이 모여 인공지능과 가위바위보를 하는 프로그램을 짠다. 라이브로 컴퓨터 프로그래밍을 한다. 마치 게임 방송을 하는 유튜버가 채팅의 도움을 받아 어려운 마지막 스테이지를 깨는 장면을 보는 듯하다. 그렇다면 글쓰기는 어떨까? 좋은 글을 쓰는 방법도 그렇게 함께 하는 것으로 배울 수 있지 않을까?

'황홀한 글감옥'이란 단톡방을 앞서 얘기한 적 있다. 이곳에서는 얼굴도 모르는 사람들이 매일 한 편씩의 글을 올린다. 수십 명이 올리는 글을 모두 읽는다는 것은 불가능하다. 하지만 그들로부터 꾸준함과 성실함을 배운다. 함께 하기 때문에 가능하다. 이들 중에는 천 일 동안 쉬지 않고 글을 쓴 사람도 있다. 하루도 아니고 천일이라니. 그런데 그게 가능하다. 함께 글을 쓴다면 말이다.

뉴욕의 뮤지션이라고 해서 대단한 것은 아니다. 국경의 장벽을 넘어서도 함께하기 때문에 대단하고 아름다운 것이다. 마찬가지로 AI 공부라고 해서 대단한 것은 아니다. 해박하고 탁월한 교수님 없이도 함께 배운다는 사실이 대단할 뿐이다. 천 일이라는 숫자가 중요한 것은 아니다. 함께 글쓰는 사람들이 있었다는 사실, 그래서 놀라운 도전이 가능했다는 것을 아는 것이 더 중요하다.

골방에서 홀로 번민하며 답을 찾아 나서는 글쓰기의 시대는 끝났다. 함께 쓰고, 함께 배우고, 함께 살아가는 법을 익히는 시대다. 유튜브를 보며 영상만 보는 사람은 거의 없다. 댓글을 통해 치열하게 대화하고 수다 떨며 소통하는 것이 이 시대의 소통법이다. 글쓰기도 마찬가지다. 함께 쓰는 법을 배우자.

3부.

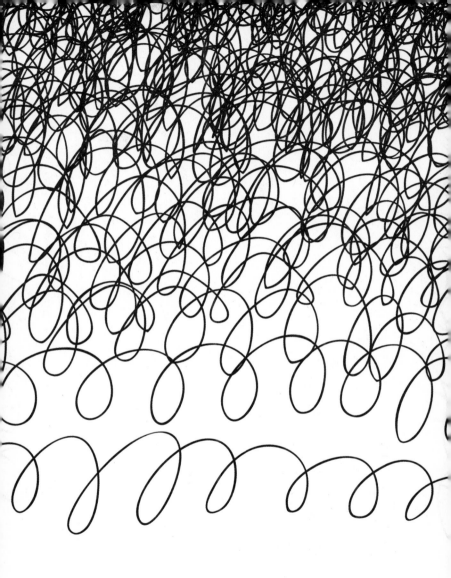

선택받는 글을 쓰는 습관

글쓰기의 중요한
세 가지

~~~~~

나는 글쓰기, 혹은 책 쓰기에서 가장 중요한 세 가지를 다음과 같이 설명한다. 에피소드와 메시지 그리고 컨셉.

에피소드란 내 삶에 일어났던 일들을 의미한다. 물론 그것은 간접적인 경험이 될 수도 있고, 타인의 책에서 읽은 지식이나 정보, 노하우일 수도 있다. 중요한 것은 이것만으로는 한 권의 책, 하나의 글을 완성할 수 없다는 것이다. 그래서 필요한 것이 바로 두 번째 요소인 메시지다.

에피소드로 대표될 수 있는 경험과 정보가 어떤 '의미'를 가지는지 말할 수 있는 것이 메시지다. 만약 그게 없다면 단순한 가전제품 카탈로그나 일기와 다를 바 없다. 특히 글 쓰는 사람만의 고유한 해석이 들어가야 비로소 하나의 글과 책으로 완성도를 기대할 수 있다. 그런데 문제는 이런 메시지가 중구난방이어서는 안 된다는 것이다. 특히 책은 다양한 메시지를 하나의 단어나 개념으로 꿰뚫을 수 있는 무언가를 갖고 있어야 한다. 이것이 바로 세 번째 요소인 컨셉이다.

예로부터 신문 기자들은 하나의 기사에는 단 하나의 메시지를 담아야 한다는 원칙을 갖고 있었다. 그걸 '야마'라고 불렀다. 하지만 책의 경우엔 필연적으로 여러 개의 생각, 주장이 담기게 된다. 그런데 이런 메시지들이 따로 논다면 책을 읽는 일이 얼마나 고역이겠는가. 그래서 필요한 것이 컨셉이다.

사실 컨셉은 브랜드 용어다. 하나의 제품이나 서비스를 짧은 순간에 강렬하게 인식시킬 수 있는 하나의 키워드나 메타포, 개념 등을 컨셉이라고 부른다. 예를 들어 볼보 하면 우리는 '안전'을 떠올린다. 이니스프리나 삼다수 하면 '제주'를 떠올린다. 옛날엔 하이트 하면 '천연 암반수'를 떠올렸다. 햇반은 '집밥'을, 초코파이는 '정'을 연상케 하는 데 성공했다. 이렇듯 그 제품이나 서비스가 가진 특장점을 기억나게 하는 컨셉은 브랜딩 진행에 있어서 가장 중요한 과정으로 손꼽힌다. 그만큼 효과 역시 강력하다.

그렇다면 이런 선명한 컨셉으로 대중의 사랑을 받은 책들에는 어떤 것이 있을까? 여러 사례를 들어 설명할 수 있겠지만 가장 먼저 생각나는 책 중에 『90년생이 온다』와 『82년생 김지영』이 떠오른다. 여기서 90년생은 사회적으로 주목을 받는 MZ 세대를 상징한다. 그렇다면 이 책은 누가 읽을까? 바로 MZ 세대들의 머릿속이 궁금한 40대, 50대 상사나 사업가들이 읽을 가능성이 높다. 그런데 이 책을 'MZ세대가 온다'라고 했다면 얼마나 평범했을까.

『82년생 김지영』은 단지 1982년생 만을 의미하는 제목은 아니다. 우리나라에서 평범한 '여성'으로 살아간다는 것이 얼마나 어렵고 힘든 일인지를 공감할 수 있는, 공감하고 싶어하는 거의 모든 독자들을 대상으로 한다. 일종의 컨셉인 셈이다. 72년생 남자인 내가 이 책을 읽고 눈시울이 뜨거워졌다면 이미 끝난 게임 아닌가. 이처럼 한참을 붙들고 설명해야 할 메시지를 단 하나의 단어, 제목, 개념, 메타포로 압축하는 과정이 바로 컨셉이다. 그리고 에피소드, 메시지 만큼이나 중요한 것이 컨셉이다.

나는 얼마전까지 지방의 어느 고깃집 사장님 책을 대필하는 작업을 했다. 이를 위해 오랫동안 인터뷰를 하다가 그분의 입에서 '식당 체력'이라는 단어를 우연히 듣게 되었다. 몸 좋은 사람이 와도 하루를 못 견디는 게 식당일이다. 하지만 깡

마른 사람이 몇 년 동안 일하는 모습을 보면서 식당에만 필요한 체력이 있다는 사실을 알게 됐다고 했다. 이 체력이 단지 피지컬만을 의미하지 않는다는 사실을 그의 설명을 듣고서야 알았다. 왜소한 셰프가 신나게 일할 수 있는 건 멘탈적인 요소, 즉 그 일에 대한 재미와 절실함이 묻어있기 때문이다. 그렇다면 이 책의 제목을 '식당 체력'이라고 지어도 되지 않을까?

글을 쓰고 싶다면, 나아가 한 권의 책을 쓰고 싶다면 그 안에 들어갈 에피소드들을 미리 준비해두자. 마치 요리를 준비하는 사람이 다양한 식자재들을 정렬해두는 것처럼 말이다. 그리고 어떤 요리를 만들지 미리 구상하는 것처럼 어떤 메시지를 전하고 싶은지 가능한 구체적으로 적어두도록 하자. 마지막으로 이 수많은 에피소드와 메시지를 관통할 수 있는 명료한 컨셉을 고민해보자. 이 컨셉이 꼭 그 글과 책의 제목일 필요는 없다. 중요한 것은 어딘가에 도도히 흐르고 있는 컨셉의 유무다. 이것까지 가능하다면 이미 당신은 글쓰기 프로라 해도 과언이 아니다.

선택받는 글을
쓰는 순서

글쓰기에 왕도는 없을지라도 노하우 정도는 말할 수 있지 않을까. 나는 가장 좋은 글이란 '그 사람다운' 글이라고 생각한다. 그 사람만이 쓸 수 있는 글은 브랜드 용어로 말하자면 '차별화' 요소가 된다. 그러나 이런 글을 쓰기 위해서는 다음과 같은 몇 개의 단계를 거쳐야 한다. 적어도 나는 이런 과정을 거쳐 가며 글을 쓰고 있다.

1단계: 질문을 자주 한다

글을 잘 쓴다는 것은 질문을 잘한다는 것과 일맥상통한다. 남들이 보지 못하는 문제나 불편을 잘 느끼는 것이다. 왜 어떤 브랜드는 잘 되고, 왜 어떤 브랜드는 안되는지가 늘 궁금한 것처럼 말이다. 동네에 새로운 카페가 들어서거나 새로운 반찬 가게가 들어서면 그들은 어떤 컨셉으로 경쟁 가게와 차별화를 노리는지가 궁금하다. 사람을 만나면 그들만이 가진 유니크한 장점과 차별화된 경쟁력을 자주 생각한다. 그런 질문들이 쌓여야 좋은 글감이 된다.

2단계: 키워드를 뽑는다

질문이 쌓이면, 결국 몇 개의 키워드(관점, 주제)로 압축된다. 인테리어에 집중할 수도 있고, 가게 이름에 집중할 수도 있다. 혹은 가게를 운영하는 사장님이나 종업원에 집중할 수도 있다. 각자 집중하는 관점은 다르다. 관심의 차이이기도 하고 서로 다른 배경과 경험을 갖고 있기 때문이다.

나는 브랜드에 관심이 많다. 그래서 새로운 브랜드가 등장하거나 새로운 가게가 등장하면, 프렌차이즈인지 아닌지, 개인 가게라면 브랜딩을 위해 어떤 노력을 하는지 등을 살핀다. 브랜드에 대한 이런 관심은 다양한 마케팅 전략과 경영의 사례로 이어진다. 그리고 이런 내용을 더 잘 쓰고 싶어서 글쓰기를 고민한다. 거의 10년 가까이 같은 고민을 반복해왔다.

글을 잘 쓰는 사람들은 스스로 '무엇을' 쓰고 싶어하는지 안다. 그들은 자신만의 키워드를 갖고 있다. 글쓰기가 어려운 이유는 글쓰기 기술이나 스펙의 문제가 아니라, 내가 집중하는 키워드가 없기 때문이다.

3단계: 관심사를 수집한다

질문이 많고 키워드가 많은 사람, 자신만의 관심사가 많은 사람은 필연적으로 수집욕을 느낀다. 그 방법은 메모일 수도 있고 스크랩일 수도 있다. 신발을 사야 하는 날은 다른 사람이 신고 있는 신발만 눈에 들어온다. 계속해서 눈으로 수집한 신발은 최종 선택의 참고 자료가 된다.

글쓰기도 마찬가지다. 잘 쓰는 사람은 자신만의 노트나 디지털 기록 장치가 있다. 기록을 위해 그림을 그리는 사람도 있고, 녹음을 하는 사람도 있다. 중요한 것은 그 작업을 즐겁게 반복하는 것이다. 수집하고 축적하고 분류하는 다양한 디지털 툴이 많은 이유도 이 때문이다.

매일 무언가를 수집하지 않는 사람은 결코 좋은 글을 쓸 수 없다. 펜을 들고 노트북을 켜는 순간 글감을 내려다 줄 뮤즈가 거짓말처럼 나타나는 일은 극히 드물다. 그걸 바란다는 것은 교만이고 오만이다. 무례한 생각이다. 기적은 준비된 사람에게만 찾아온다.

4단계: 수집물을 연결한다

구슬이 서말이라도 꿰어야 보석이 된다. 수집은 그 자체로는 아무런 의미가 없다. 밤하늘의 별도 이을 줄 알아야 별자리가 된다. 별자리가 되어야 의미가 생기고 스토리도 만들어진다. 아무리 좋은 자료를 많이 가지고 있어도 리뷰를 하지 못한다면, 아무런 소용이 없는 것과 같다.

특정한 키워드로 글감을 모으다 보면, 자연스레 공통점과 차이점이 보인다. 잘 되는 브랜드와 아닌 브랜드는 각각의 공통점이 있다. 이를 추적하는 과정이 의미의 발견이다. 발견하는 과정이 분류이며, 의미부여다. 우리는 그것을 '인사이트'라고 부른다.

수집을 잘하는 사람이 분류도 잘한다. 글을 잘 쓰는 사람은 수집에도 능하고 분류에도 능하다. 실제 무의미한 자료들을 걸러내고 다양한 자료와 사례들 사이의 연관 관계를 잘 보는 사람이 좋은 글을 쓸 수 있다. 글을 잘 쓴다는 것은 누군가는 넘겨버리는 수많은 사건과 지식 간의 상관관계를 볼 줄 안다는 것과 같다. 인사이트가 있는 글은 유려한 문장으로 쓰이지 않아도 사람들의 관심과 사랑을 받기 마련이다.

5단계: 자기 자신을 잘 안다

자신만의 키워드가 있고 그것들을 연결할 줄 안다는 것은 자신을 이끄는 힘이 무엇인지를 안다는 것을 의미한다. 나는 그것을 '드라이빙 포스'라고 부른다. 좋아하는 것과 잘하는 것을 넘어 자신에게 힘을 주는 것이 무엇인지를 아는 사람이 개성 넘치는 좋은 글을 쓸 수 있다. 우리는 그런 사람들을 두고 '자기답게 산다'라고 말한다.

글은 그 사람의 삶과 직결된다. 오직 그 사람만 쓸 수 있는 글을 만날 때 우리는 감탄하고 희열을 느낀다.

누군가의 글을 흉내 내려 하지 말고 자신만의 글을 써보자. 자신만의 글을 쓰기 위해서는 맨 앞의 1단계로 돌아가야 한다. 뻔해 보이는 일상에 '질문'을 던지고 자신만의 '키워드'를 찾아야 한다. 그리고 그것을 '수집'하고 '연결'해서 나만의 별자리를 만들어야 한다. 그런데 그때쯤이면, 아마도 글 잘 쓰는 사람을 넘어 인생을 잘 사는 사람이 되어있을지도 모른다. 좋은 삶을 사는 사람이 좋은 글을 쓸 수 있다. 우리가 글을 잘 쓰고 싶어하는 이유도 결국 좋은 삶을 살고 싶어하기 때문 아닐까.

잘 쓰는 사람들의
작은 습관

잘 쓰고 싶어하는 사람을 자주 본다. 그리고 실제로 잘 쓰는 사람도 자주 본다. 그들 사이의 작은 차이 하나를 발견한다. 그것은 바로 습관이다. 그들의 일상을 비교한다면 그리 크지 않은 차이일지도 모른다. 하지만 그 차이가 어마어마한 결과를 만드느냐 못 만드느냐를 결정한다. 내가 아는 글 잘 쓰는 사람들은 거의 대부분 다음과 같은 작은 습관을 가지고 있다.

짧게 쓴다

말과 글은 동전의 양면처럼 닮았다. 가장 듣기 싫은 말은 두서없이 긴 말이다. 술을 좋아하셨던 아버지는 취기만 있으면 말이 길어지곤 했다. 밤새 같은 얘기를 반복하기도 했다. 그래서 어느 날은 일부러 꺼진 불을 확인하고서야 집에 들어가기도 했다. 구구절절 긴 사연은 아무리 친한 사람이라도 들어주기가 힘들다. 말도 그럴진대 하물며 취사선택의 권한이 독자에게 있는 글은 더더욱 말할 것도 없다.

짧지만 분명한 문장이 좋다. 길어지면 분명한 글이 되기 어렵다. 물론 글의 길고 짧음이 좋은 글의 유일무이한 기준은 아니다. 하지만 초보는 짧게 써야 한다. 실수를 줄일 수 있고 글의 호흡이 살아나기 때문이다. 그리고 명확한 의사 전달을 할 수 있기 때문이다. 철인삼종경기를 뛰는 지인 중 한 명이 해주었던 달리기에 관한 조언이 있다.

"처음엔 500m만 뛰세요. 그리고 300m를 걸으세요. 다시 500m를 뛰고 300m를 걸으세요. 그렇게 뛰다 보면 1km를 뛰고 10km를 뛸 수 있습니다."

나는 글쓰기도 마찬가지라고 생각한다.

구체적으로 쓴다

한 편의 그림 같다. 모호한 표현을 쓰지 않는다. '어느 날'이라고 쓰지 않고 '2019년 5월'이라고 쓴다. '즐겁고 행복했다'라고 뭉뚱그려 쓰지 않고 '호주 브리즈번의 거리에서 케이크

가게를 보았다'라고 쓴다. '그 사람을 사랑했다'라고 쓰지 않고 '백화점에서 그녀를 위해 가장 비싼 반지를 샀다'라고 쓴다.

흐릿한 글씨를 보면 초점을 맞추기 위해 미간을 찌푸린다. 그리고 안경을 고쳐 쓴다. 좋은 글은 선명한 글이다. 영화같이 그 장면이 떠오르는 글이다. 처음부터 추상화를 그리는 화가는 많지 않다. 피카소 역시 초기에는 실사를 방불케 하는 정교한 그림을 그렸다. 글쓰기 초보도 마찬가지다. 복잡한 드라이빙 기술을 애써 익힐 필요는 없다. 정해진 4차선 도로를 정주행만 할 수 있어도 충분하다. 단순하지만 선명하고 구체적으로 쓴 글이 좋은 글이다. 글을 읽고도 어떤 장면이 떠오르지 않는다면 그 글은 못 쓴 글이라 해도 무방하다.

솔직하게 쓴다

글쓰기 과정을 운영하다 보면, 반드시 한 번은 우는 사람이 나온다. 이게 다 솔직한 그들 때문이다. 그들은 말로 하지 못한 아픈 기억을 글을 통해 털어놓는다. 삶의 위기와 어려운 순간들, 감추고 싶은 콤플렉스를 가감 없이 글로 쓴다. 글은 마음의 빗장을 열게 한다. 타인의 마음을 움직이고 용기를 부추긴다. 그렇게 우리는 서로의 글을 보며 울고 웃으며 치유를 경험한다.

좋은 글이란 진솔한 글이다. 가식이나 허세가 없는 글이다. 적당히 가릴 것 가리면서 좋은 글을 쓰기는 어렵다. 좋은 글은 스킬이 뛰어난 문장만으로 만들어지지 않는다. 실연의 아픔, 사별의 고통, 실패의 상처 등 내 안의 담아둔 이야기를 드러내는 용기를 조금만 발휘하면 글은 좋아지기 마련이다. 일기장에 홀로 쓴 글은 진정한 위로를 주기 어렵다. 자기 연민에 빠지기 쉽다. 하지만 함께 쓸 때, 밖으로 공개할 때 공감과 위로를 주는 좋은 글이 된다.

오감을 활용해 글을 쓴다

눈으로 본 것을 쓴다. 실제로 들은 것을 이야기한다. 피부에 와 닿을 만큼 생생한 표현을 쓸 줄 안다. 대신 보지 않은 것은 말하지 않는다. 듣지 않은 것 또한 쓰지 않는다. 실제로 경험하지 않은 것을 아는 척하며 쓰지 않는다.

소설가들은 누구나 첫 작품에 자신의 이야기를 쓴다. 경험하지 않은 무엇을 힘 있게 쓰기는 힘들기 때문이다. 그들은 광안리 해수욕장에 갔다고 쓸 때, 맨발에 닿았던 모래알의 촉감에 대해 쓴다. 코끝을 스치는 바다 내음을 이야기한다. 밀려드는 바닷물이 종아리의 세포 하나하나를 깨운 경험이라고 쓴다.

좋은 글은 소름을 돋게 한다. 오감을 열어주기 때문이다. 그러려면 실제로 가 본 곳을 쓸 수밖에 없다. 만나지 않은 사람에 대해 이야기할 수는 없다. 말은 에둘러 표현하는 것이 때때로 가능하다. 그러나 활자화된 글에서는 모호함이 적나라하게 드러난다. 그래서 말 잘하는 사람은 많아도 글 잘 쓰는 사람은 많지 않다.

나의 글쓰기
습관

~~~~

앞서 글 잘 쓰는 사람들의 습관을 살펴보았다. 이번에는 내가 갖고 있는 습관에 대해 얘기하고자 한다. 분명 여러분과 많이 다를 것이다. 글을 잘 쓰기 위한 나의 습관을 정리한 것처럼 여러분도 여러분만의 습관을 정리할 필요가 있다. 글을 잘 쓰게 해주는 나의 습관을 만들기 위해서라도 우리는 수많은 시도를 해봐야 한다.

새벽 시간 이용

나는 새벽 4시가 되면 어김없이 일어나 글을 쓴다. 일찍 일어나 따뜻한 물 한 잔을 마시는 것 외에 아무것도 하지 않는다. 오직 읽거나 쓰는 일에만 집중한다. 오후에 글을 쓰게 되면 새벽보다 몇 배의 에너지가 든다. 아무리 커피를 마시고 카페를 찾아도 글쓰기를 방해하는 요소들이 너무나도 많다. 택배가 도착했다는 문자 알림부터 고양이들 싸우는 소리, 낡은 컴퓨터를 수거해 간다는 안내 방송 그리고 9회 말로 치닫는 메이저리그의 야구 경기까지. 하지만 새벽에는 이런 방해꾼들이 없다. 오직 나와 모니터만 있을 뿐이다. 황야의 무법자처럼 대면할 뿐이다. 나는 매일 아침 이 싸움을 즐긴다.

글쓰기에 관한 책 읽기

거저 나오는 글은 세상에 없다. 읽은 만큼, 느낀 만큼, 경험한 것만큼만 쓸 수 있다. 수차례 반복한 말이다. 하지만 모든 걸 경험할 순 없다. 시간과 노력은 무한정 확장하기가 어렵기 때문이다. 그러나 우리에겐 읽을 책이 있다.

나는 글쓰기가 잘 안될 땐, 글쓰기에 관한 책을 읽는다. 좋아하는 작가의 글을 읽는다. 일종의 마중물인 셈이다. 그래서 새벽 글쓰기를 시작할 땐 따뜻한 물 한잔과 함께, 글쓰기를 하고 싶게 만드는 읽을거리를 준비한다. 잠깐의 짧은 글을 보며 내 글을 정조준한다. 모방하고 카피하자는 뜻이 아니다. 지적 자극을 허락하자는 의미다. '저 글만큼 쓰고 싶다' '저 글만큼은 쓸 수 있겠다' 이렇게 마음이 동해야 글이 써진다.

음악 듣기

음악만큼 사람의 마음을 쉽게 흔드는 것이 있을까? 나는 글이 써지지 않을 때면 좋아하는 음악을 듣는다. 패신저란 가수를 좋아한다. 아델의 노래도 좋다. 요란하지 않은 곡, 기타 하나면 충분한 어쿠스틱 사운드도 즐긴다. 그렇다고 감성이 지나치면 글이 물러진다. 굳은 사막에 한줄기 비처럼 꼭 필요한 만큼만 허락한다.

글의 종류에 따라 더 많은 음악이 필요할 때도 있다. 설득하는 글이 아닌 감동과 여운을 주는 글이라면 더 많은 노래를 들어야 한다. 하지만 근거와 주장이 필요한 글일 때는 마음을 움직이는 정도면 충분하다. 그리고 글에 어울리는 선곡까지 할 수 있다면 더욱 좋다.

무라카미 하루키는 재즈 카페를 운영하며 처녀작 『바람의 노래를 들어라』를 썼다. 훌륭한 작가들은 대부분 자신의 작업 공간을 채우는 음악이나 앨범 하나 정도를 가지고 있다. 나도 그렇다. 그러나 본격적으로 쓸 준비가 되면 나는 여지없이 음악을 끊는다. 글 자체에 더욱더 몰입하고 집중하기 위해서다.

산책과 달리기

이도 저도 안 되면 현관문을 박차고 뛰어나가야 할 때다. 보통 새벽 4시에 일어나 매일 세 시간 정도 글쓰기에 매달린다. 그러다 7시가 되면 산책을 하고 율동 공원을 달린다. 머리를 깨우지 못하면 몸을 깨워야 한다. 그렇게 한 시간을 달리고 걷다 보면 온몸이 땀으로 흥건해진다. 그런 다음에 하는 샤워는 축복이다. 굳어버린 감성을 깨우고 멈춰진 아이디어를 돌게 한다.

글은 머리로도 쓰지만 발로도 쓴다고 믿는다. 생각으로만 쓰는 글은 힘이 없다. 경험한 것이 보태질 때 글은 강력해진다. 몸은 경험이 주는 전율을 안다. 새벽의 산책과 조깅은 경험의 감흥을 일깨우는 방법이다. 산책의 여유로운 호흡, 달리기의 다급한 호흡, 이 두 호흡이 교차하는 글쓰기는 보다 생동감 있는 글을 만들어준다.

긴박감 즐기기

나는 초고를 브런치에 쓰거나 페이스북에 쓰곤 한다(최근에는 스레드에 더 많이 쓴다). 쓰는 순간 바로 발행하는 긴박감을 즐긴다. 정제되지 않은 날것의 생동감. 글을 쓰는 나의 감흥을 그대로 전하고 싶기 때문이다. 오타가 나오거나 맞춤법이 틀

려도 개의치 않는다. 하나의 생각을 어떻게든 완결시켜 글로 내놓는 것이 중요하다. 언제고 다시 쓸 수 있다는 안정감은 오히려 글쓰기를 머뭇거리게 한다. 앞서도 얘기했지만, 되든 안 되든 마무리 짓는 것이 중요하다.

완성된 글이란 세상에 존재하지 않는다. 내 눈앞에 독자가 있다고 생각하고 말을 걸고 대화를 하듯 글을 써야 한다. 지금 저 사람이 내 말을 들어주지 않으면 평생 할 수 없을 것 같은 고백으로 글을 써야 한다. 때로는 번지수를 잘못 짚는 고백이 될 수도 있다. 하지만 지금 하지 않으면 안 될 것 같을 때 고백해야 한다. 그것이 더 나은, 좀 더 완성에 가까운 글로 나아가는 가장 좋은 훈련이다.

이미징 하기

이것 마저도 안 되면 모니터를 떠나 침대 위에 몸을 누인 채 내가 쓰고 싶은 글을 허공 속에 그려 본다. 한 번에 그림이 그려질 때까지 내가 쓸 글을 떠올린다. 모았던 조각들을 다시 풀어헤쳐 맞춰본다. 스스로를 납득시키지 못하고 감동시키지 못하는 글은 그 누구에게도 감동을 줄 수 없다.

내가 몇 배로 더 치열해야 한다. 모니터를 보지 않고도 글의 내용을 웅변할 수 있어야 한다. 그런 글에는 선명함이 있다. 망설임이 없고 군더더기가 없다. 정리된 원고가 사라져 버려도 즉석에서 연설할 수 있을 정도로 머리 속의 흐름이 완벽하다.

실제로 모니터가 뜨지 않아 PPT 없이 강연한 적도 있다. 몇 년의 반복된 훈련이 없었다면 그날의 강연은 불가능했다. 마찬가지로 모니터를 떠나도 글을 떠올릴 수 있어야 한다. 그 안에서 자유로운 글의 조합을 즐길 수 있어야 한다. 수많은 운동선수가 그렇게 훈련한다. 자리에 누워서도 공을 차고 방망이를 휘두른다. 글은 더더욱 그래야 한다. 모니터만이, 백지 위만이 전쟁터가 아니다.

소리 내어 읽기

좋은 글은 풀무질과 같다. 다듬으면 다듬을수록 좋은 글이 나온다. 글을 실수로 날려 먹었다고 해도 우울해할 필요는 없다. 이미 한번 쓴 글이라면 언제고 다시 쓸 수 있다. 더 좋은 글을 쓸 수도 있다. 이미 쓴 글도 고칠수록 더 좋은 글이 된다. 소리 내어 읽어도 본다. 입말에 걸리는 글은 잘못된 글이다. 필요한 것이 빠졌거나 불필요한 무엇이 더해진 글이다. 그리고 중간쯤이 지겨워지는 글은 논리가 빈약한 글이다. 재미가 없는 글이다.

좋은 글은 끝까지 펄떡인다. 읽다 보면 힘이 나고, 뒤가 궁금해서 몰입하게 된다. 팽팽히 당겨진 고무줄처럼 긴장된 글이 좋다. 그러려면 풀무질을 해야 한다. 읽고 또 읽고, 쓰고 또 써야 한다. 압축하고 두드려야 한다. 가능하다면 그렇게 쓰고 싶다. 벌겋게 달아오른 쇳덩이 같은 글을 써보고 싶다. 그러기 위해 앞의 일곱 가지를 습관으로 유지한다.

에필로그

은퇴하면 책이나 한번 써봤으면 좋겠다는 이야기를 종종 듣는다. 시간이 나면 책이나 한 권 써보고 싶다는 이야기는 더 자주 듣는다. 하지만 혹시 이런 얘기를 들어본 적이 있는가? "주말에 프로 야구 선수로 한 번 뛰어봤으면 좋겠다.""가벼운 수술은 내가 직접 해보았으면 좋겠다.""언제고 시간이 나면 비행기나 한번 몰아봤으면 좋겠다." 적어도 나는 들어본 적이 없는 말이다. 그런데 왜 글쓰기는 그렇게 쉽게 이야기하는 것일까? 15년 이상 글 쓰는 일로 밥벌이를 하다 보니, 이런 말을 듣게 되면 보이지 않게 발끈하곤 했다.

사실 글쓰기는 어려운 일이다. 퇴근 후 시간을 내어 걷는 산책과는 다른 일이다. 게다가 어느 직업에나 프로의 세계가 있지 않은가. 책을 낸다는 것은 프로의 세계로 들어가는 것과 마찬가지다. 물론 일반적인 글쓰기와 프로의 글쓰기를 구분 못 해서 하는 말은 아니다. 하물며 보통 사람들의 글쓰기의 로망을 이해 못 해서도 아니다. 그저 글쓰기가 그렇게 쉽지 않다는 것을 누구 못지않게 오래, 자주 경험했기 때문이다.

나는 세상에서 가장 어려운 일 중 하나가 글쓰기라고 생각한다. 왜냐하면 완성이라는 것 자체가 불가능하기 때문이다. 한 채의 벽돌집처럼 완성의 척도가 보이지 않는다. 시작과 끝이 있는 수많은 일과 비교해도 모호하다. 아침 다르고 저녁 다르다. 그래서 보면 볼수록 고치고 싶은 게 글이다.

하물며 타인이 평가하는 글이란 언제나 위태롭다. 벼랑 끝에 선 기분, 외줄 위를 걷는 기분, 아마도 글쓰기를 직업으로 하는 많은 이들이 이런 기분을 느끼며 하루하루를 살아가고 있을 것이다. 글은 고치는 만큼 나아지기 마련이다. 완성이란 없다. 끝이 없다 보니, 정답이 없다 보니 가장 어려운 것이 글쓰기다.

하물며 글쓰기가 그럴진대 한 권의 책을 낸다는 일은 얼마나 더 어렵겠는가. 그럼에도 불구하고 나는 많은 이들에게 글쓰기, 나아가 책 쓰기를 권한다. 글쓰기와 책 쓰기는 평범한 사람을 비범하게 만드는 가장 쉽고도 확실한 최고의 방법이기 때문이다. 나를 가장 나답게 만드는 최고의 솔루션이기 때문이다.

진정성을 지닌 한 권의 책은 한 사람의 인생을 바꾼다. 그렇게 바뀐 인생은 또 다른 인생을 바꾸는 데 영향을 미친다. 그래서 나는 틈만 나면 글쓰기를 도와주겠다고 말한다.

글쓰기의 어려움을 겸허히 받아들인다면, 자신의 삶에서 의미 있는 기쁨과 보람을 충분히 누릴 수 있다. 그리고 아주 가끔은 전문 작가의 길로 들어설 수도 있다. 그게 당신이 되지 말라는 법은 없지 않은가?

벌써 네 번째의 책을 쓰게 됐다. 이런 나도 있다. 그러니 앞서 얘기했던 가이드를 따라 이제 제대로 된 한 줄의 글을 써보자. 책 한 권을 써보자. 후회하지 않을 것이다. 삶이 달라질 것이다. 당신도 달라질 것이다. 내가 그랬던 것처럼.

(BH 048)

선택받는 글의 비밀
: 글쓰기 테크닉을 익히기 전에 알아야 할 것들

초판 1쇄 발행 2025년 1월 20일

지은이 박요철

펴낸이 이승현
디자인 페이지엔

펴낸곳 좋은습관연구소
출판신고 2023년 5월 16일 제 2023-000097호

이메일 buildhabits@naver.com
홈페이지 buildhabits.kr

ISBN 979-11-93639-31-3 (13800)

좋은습관연구소에서는 누구의 글이든 한 권의 책으로 정리할 수 있게 도움을 드리고 있습니다. 메일로 문의주세요.